# CATALOGUE

D'UNE

# BIBLIOTHÈQUE SPÉCIALE

## Littérature Française du Moyen Age

PHILOLOGIE — CHANSONS DE GESTE — CHRONIQUES RIMÉES
POÈMES DE LA TABLE RONDE — POÈMES D'AVENTURES — POÉSIES RELIGIEUSES
FABLIAUX — DITS, SATIRES, ETC.
THÉATRE ANCIEN : MIRACLES, MYSTÈRES, FARCES, SOTIES, MORALITÉS
HISTOIRE LITTÉRAIRE — BIBLIOGRAPHIE

APPARTENANT A M. D***

MEMBRE DE LA SOCIÉTÉ DES ANCIENS TEXTES FRANÇAIS

*Vente du 2 au 5 Mars 1887*

A HUIT HEURES DU SOIR SALLE SILVESTRE

PARIS
H. CHAMPION, LIBRAIRE
15, QUAI MALAQUAIS, 15

1887

# CATALOGUE

D'UNE

# BIBLIOTHÈQUE SPÉCIALE

## LITTÉRATURE FRANÇAISE DU MOYEN AGE

*Vente du 2 au 5 Mars 1887*

A HUIT HEURES DU SOIR (SALLE SILVESTRE)

# CATALOGUE

D'UNE

# BIBLIOTHÈQUE SPÉCIALE

## Littérature Française du Moyen Age

PHILOLOGIE — CHANSONS DE GESTE — CHRONIQUES RIMÉES
POÈMES DE LA TABLE RONDE — POÈMES D'AVENTURES — POÉSIES RELIGIEUSES
FABLIAUX — DITS, SATIRES, ETC.
THÉATRE ANCIEN : MIRACLES, MYSTÈRES, FARCES, SOTIES, MORALITÉS
HISTOIRE LITTÉRAIRE — BIBLIOGRAPHIE

APPARTENANT A M. D***

MEMBRE DE LA SOCIÉTÉ DES ANCIENS TEXTES FRANÇAIS

PARIS
H. CHAMPION, LIBRAIRE
15, QUAI MALAQUAIS, 15

1887

# LA VENTE AURA LIEU

**Le Mercredi 2 Mars 1887 et les Jours suivants**

*A huit heures précises du soir*

**RUE DES BONS-ENFANTS, 28 (MAISON SILVESTRE)**

SALLE N° 1

Par le ministère de Me MAURICE DELESTRE, Commissaire-Priseur

27, RUE DROUOT, 27

Assisté de M. H. CHAMPION, Libraire

---

# ORDRE DES VACATIONS

PREMIÈRE VACATION

*Mercredi 2 Mars 1887*.................................... 1 à 191

DEUXIÈME VACATION

*Jeudi 3 Mars*.................................... 192 à 382

TROISIÈME VACATION

*Vendredi 4 Mars*.................................... 383 à 570

QUATRIÈME VACATION

*Samedi 5 Mars*.................................... 571 à 766

---

# CONDITIONS DE LA VENTE

La vente se fait expressément au comptant.

Les acquéreurs payeront 5 % en sus des enchères, applicables aux frais.

Il y aura, chaque jour de vente, de deux à quatre heures, exposition des livres composant la vacation du soir.

Les livres vendus devront être collationnés dans les vingt-quatre heures de l'adjudication. Passé ce délai, ou une fois sortis de la salle de vente, ils ne seront repris pour aucune cause.

Le libraire chargé de la vente remplira les commissions des personnes qui ne pourraient y assister.

Cette bibliothèque se recommande particulièrement à l'attention de tous ceux qu'intéresse l'étude de la langue et de la littérature françaises au moyen âge. Elle contient, sur ces matières, nombre d'ouvrages qui n'ont été tirés qu'à très peu d'exemplaires, et qui ne se trouvent plus en librairie. Notre ancienne poésie y figure surtout avec honneur. Les troubadours, autrement dit les poètes de la langue d'oc, n'ont pas été oubliés, mais la plus large place a été donnée aux trouvères, aux poètes de la langue d'oïl. Chansons de geste, Romans de la Table Ronde et Romans d'aventures, Chroniques, Fabliaux, Contes dévôts, Chansons, Pièces dramatiques, etc., constituent ici un rare ensemble de publications qui témoignent de la fécondité littéraire de nos aïeux. On sait de quelle faveur jouissent à l'étranger les anciens monuments de notre langue et de notre littérature. De nos jours encore, ce sont des savants allemands qui se plaisent à éditer nos vieux poètes. Chez nous, l'on a fini par reconnaître toute l'importance de cet ordre d'études, et l'on admet volontiers qu'il doit de plus en plus faire partie du haut enseignement. Le possesseur de cette bibliothèque l'avait formée en vue d'une Bibliographie poétique du moyen âge, qu'il a aujourd'hui achevée. Tous les bibliophiles comprendront que ce ne soit qu'à regret qu'il se sépare de ces livres, dont la réunion n'a pas été sans lui coûter beaucoup de peine et de temps.

---

# TABLE DES DIVISIONS

# CATALOGUE

D'UNE

# BIBLIOTHÈQUE SPÉCIALE

## LITTÉRATURE FRANÇAISE DU MOYEN AGE

---

## THÉOLOGIE. — JURISPRUDENCE
## SCIENCES ET ARTS

1. Les Quatre Livres des Rois, traduits en français du XII^e^ siècle, suivis d'un fragment de moralités sur Job et d'un choix de sermons de saint Bernard, publiés par M. Le Roux de Lincy. *Paris, imp. roy.*, 1841, in-4, br.

2. Les traductions de la Bible en vers français au moyen âge, par Jean Bonnard. *Paris, imp. nat.*, 1884, gr. in-8, br.

3. La Bible française au moyen-âge. Etude sur les plus anciennes versions de la Bible écrites en prose de langue d'oïl, par Samuel Berger. *Paris, impr. nat.* 1884, gr. in-8, br.

   Ouvrage couronné par l'Institut.

4. Le Cantique des Cantiques, attribué à Salomon. Traduit de l'Hébreu ; accompagné d'une version latine littérale, suivi de notes et d'une traduction en vers du XIII^e^ siècle, par Ch. Richelet. *Paris, Techener*, 1843, in-8, cart.

5. Fragmens de l'explication allégorique du Cantique des Cantiques, par un poète du XIII^e^ siècle ; publiés, d'après le manuscrit, par Ch.-J. Richelet. *Paris, Desauges*, 1826, in-8, br.

   Tiré à 15 exemplaires numérotés.

6. Fragmens de l'explication allégorique du Cantiques des Cantiques par un poète du XIII^e^ siècle ; publiés, d'après le manuscrit, par Ch.-J. Richelet. *Paris, Desauges*, 1826, in-8, rel.

   N° 12, ex-libris Nodier.

7. Libri psalmorum versio antiqua gallica, e cod. ms. in Bibl. Bodleianâ asservato unâ cum versione metricâ aliisque monumentis pervetustis, nunc primùm descripsit et edidit Franciscus Michel. *Oxonii*, 1860, in-8, cart.

8. Histoire de la Passion de Jésus-Christ, composée en 1490 par le R. P. Olivier Maillard; publiée, en 1828, comme monument de la langue française au XV<sup>e</sup> siècle, avec une notice sur l'auteur, des notes et une table des matières; par Gabriel Peignot. *Paris, impr. de Crapelet*, 1828, gr. in-8, cart.

9. Les quinze joyes Notre-Dame et autres dévotes oroisons tirées de deux manuscrits du XV<sup>e</sup> siècle, publ. pour la première fois par un bibliophile (l'abbé C. Chevalier). *Tours. J. Bouserez*, 1862, in-18, br.

Tiré à 100 exemplaires.

10. Histoire de l'auguste et vénérable église de Chartres, dédiée par les anciens Druïdes à une Vierge qui devoit enfanter. *Chartres, Deshayes*, 1780, in-12.

11. Les Églises et monastères de Paris, pièces en prose et en vers des IX<sup>e</sup>, XIII<sup>e</sup> et XIV<sup>e</sup> siècles, publiées, d'après les mss., avec notes et préface, par H. L. Bordier. *Paris, Aubry*, 1856, pet. in-8, perc.

On trouve dans ce volume : 1° Une réimpression des Monstiers de Paris, poème datant de 1292 et publié en 1808 par Méon ; 2° Eglises et Monastères de Paris en 1325, poème inédit publié d'après un manuscrit de la Bibliothèque nationale ; 3° Un document inédit du IX<sup>e</sup> siècle donnant l'inventaire des terres possédées à Paris par l'abbaye de Saint-Maur ; 4° Eglises et Monastères de Paris de 1325 à 1789 ; Etat actuel des Eglises et Monastères de Paris.

12. Règlemens sur les Arts et Métiers de Paris, rédigés au XIII<sup>e</sup> siècle et connus sous le nom de Livre des métiers d'Étienne Boileau ; publiés, pour la première fois en entier, d'après les manuscrits de la Bibliothèque du Roi et des Archives du Royaume, avec des notes et une introduction, par G.-B. Depping. *Paris, impr. de Crapelet*. 1837, in-4, br.

13. Les Sources des Établissements de saint Louis, mémoire lu devant l'Académie des inscriptions et belles-lettree, par Paul Viollet. *Paris. Champion*, 1877, in-8, br.

14. Essais de Michel de Montaigne, avec les notes de tous les commentateurs. Edition publiée par J.-V. Le Clerc. *Paris, Lefèvre*, 1844, 3 vol. in-12, demi-rel.

15. Observations on the popular antiquities of Great Britain : chiefly illustrating the origin of our vulgar and provincial customs, ceremonies, and supertitions, by John Brand, arranged, revised and greatly enlarged, by H. Ellis. A new edition. *London. G. Bohn*. 1849-54-55, 3 vol. in-12, cart.

16. Les Demandes faites par le roi Charles VI touchant son Etat et le gouvernement de sa personne, avec les réponses de Pierre Salmon, publiées, avec des notes historiques, par G.-A. Crapelet. *Paris. impr. de Crapelet*. 1833, gr. in-8 cart. Planches coloriées.

17. Les Demandes faites par le roi Charles VI touchant son Etat et le gouvernement de sa personne, avec les réponses de Pierre Salmon, publiées, avec des notes historiques, par G.-A. Crapelet. *Paris. impr. de Crapelet*, 1833, gr. in-8, d.-rel., dos et coins en mar. tête dor. Dix planches et *fac-simile*.

18. Histoire du costume en France, depuis les temps les plus reculés jusqu'à la fin du XVIII<sup>e</sup> siècle. par J. Quicherat. *Paris. Hachette*. 1875, gr. in-8, tr. dor.

19. Le monde enchanté, cosmographie et histoire naturelle fantastiques du moyen âge, par Ferdinand Denis. *Paris, A. Fournier*, 1843, in-32, br.

20. Les neuf Preux, gravure sur bois du commencement du xv$^{e}$ siècle. Fragments de l'Hôtel de Ville de Metz (publ. par le comte F. van der Straten-Ponthoz). *Pau, Vignancour*, 1864, in-8, br.

21. Recherches sur le commerce, la fabrication et l'usage des étoffes de soie, d'or et d'argent et autres tissus précieux en Occident, principalement en France, pendant le moyen-âge, par Francisque Michel. *Paris, impr. de Crapelet*, 1852, 2 tom. en 1 vol., in-4, d.-rel.

Non mis dans le commerce.

22. Li Livres dou Tresor, par Brunetto Latini, publié pour la première fois, d'après les mss. de la Bibliothèque impériale, de la Bibliothèque de l'Arsenal, et plusieurs mss. des départements et de l'étranger, par Chabaille. *Paris, impr., impér.*, 1863, in-4. (Collection des documents inédits sur l'hist. de France.)

23. La Consolation philosophique de Boëce, traduction nouvelle en prose et en vers, avec le texte en regard, et accompagnée d'une introduction et de notes, par L.-J. de Mirandol. *Paris, Hachette*, 1861, in-8, br.

---

# BELLES-LETTRES

## I. LINGUISTIQUE. — PHILOLOGIE

24. Le Livre des proverbes français, précédé de recherches historiques sur les proverbes français et leur emploi dans la littérature du moyen âge et de la Renaissance, par Le Roux de Lincy. Seconde édition, revue, corrigée et augmentée. *Paris, A. Delahays*, 1859, 2 forts vol. in-12, br.

25. Histoire de la Langue française. Etudes sur les origines, l'étymologie, la grammaire, les dialectes, la versification et les lettres au moyen-âge, par E. Littré. Cinquième édition. *Paris. Didier*, 1869, 2 vol. in-12, demi-rel.

26. Etudes et glanures, pour faire suite à l'histoire de la langue française, par E. Littré. *Paris. Didier*, 1880, gr. in-8, demi-rel.

27. Rapport sur l'état actuel de la philologie des langues romanes, par Paul Meyer, 1874, gr. in-8, cart. On a relié à la suite : Cours d'histoire de la langue française, etc., par E. Ritter, 1876; Les nouvelles recherches sur la langue française et leurs résultats, par J. Bastien, 1872; Etude sur la limite géographique de la langue d'oc et de la langue d'oïl, par Ch. de Tourtoulon et O. Bringuier, 1876; La manière de langage qui enseigne à parler et à écrire le Français en Angleterre, fin du xiv$^{e}$ siècle, pub. par Paul Meyer, 1873; Phonétique française, *an* et *en* toniques, par Paul Meyer, 1870.

28. A volume of vocabularies, illustrating the condition and manners of our forefathers, etc. from the tenth century to the fifteenth; edited by Th. Wright. *Privately printed*, 1857, gr. in-8, cart.

29. Histoire des révolutions du langage en France, par Francis Wey, *Paris, Didot*, 1848, in-8, demi-rel,

30. Remarques sur la langue française au XIX$^{e}$ siècle, sur le style et la composition littéraire, par Fr. Wey. *Paris, Didot*, 1845, 2 vol. in-8, demi-rel.

31. Recherches sur l'histoire du langage et des patois de Champagne, publiées par P. Tarbé. *Reims*, 1851, 2 vol. in-8, br.

Tiré à petit nombre.

32. Note sur la métrique du chant de sainte Eulalie, par Paul Meyer. *Paris, Franck*, 1861, gr. in-8, demi-rel.

Epuisé.

33. Leçon d'ouverture au Collège de France. Cours des langues et littératures de l'Europe méridionale, par Paul Meyer. *Paris*, 1876, in-8, br.

34. Les origines de quelques coutumes anciennes et de plusieurs façons de parler triviales, avec un vieux manuscrit en vers, touchant l'origine des Chevaliers Bannerets (par Jacq. Moisant de Brieux). *Caen, J. Cavelier*, 1672, pet. in-12, rel.

Rare.

35. Origines de quelques coutumes anciennes et de plusieurs façons de parler triviales, par Moisant de Brieux, avec une introduction biographique et littéraire, par M. E. de Beaurepaire, etc. *Caen, Le Gost-Clérisse*, 1874, 2 tom. en 1 vol. in-12. demi-rel.

36. Le Dictionnaire des précieuses, par le sieur de Somaize, nouvelle édition augmentée de divers opuscules du même auteur, par Ch.-L. Livet. *Paris, P. Jannet*, 1856, 2 vol. in-16. (Bibl. Elzev.)

37. Proverbes et dictons populaires, avec les Dits du Mercier et des Marchands, et les crieries de Paris, aux XIII$^{e}$ et XIV$^{e}$ siècles, publiés, d'après les mss. de la Bibliothèque du Roi, par G.-A. Crapelet. *Paris, impr. de Crapelet*, 1831, gr. in-8, cart.

38. Proverbes et dictons populaires, avec les Dits du Mercier et des Marchands, et les crieries de Paris, aux XIII$^{e}$ et XIV$^{e}$ siècles, publiés, d'après les mss. de la Bibliothéque du Roi, par G.-A. Crapelet. *Paris, impr. de Crapelet*. 1831, gr. in-8. cart.

39. Recherches sur les formes grammaticales de la langue française et de ses dialectes au XIII$^{e}$ siècle, par G. Fallot; publiées par P. Ackermann et précédées d'une notice sur l'auteur, par B. Guérard. *Paris. impr. royale*, 1839, in-8, cart.

40. Récréations philologiques ou recueil de notes pour servir à l'histoire des mots de la langue française, par F. Génin; deuxième édition. *Paris, Chamerot*, 1858, 2 vol. in-12, demi-rel.

41. Des variations du langage français depuis le XII$^{e}$ siècle, ou recherches des principes qui devraient régler l'orthographe et la prononciation, par F. Génin. *Paris. Didot*. 1845, in-8, demi-rel.

42. Origine et formation de la langue française, par A. de Chevallet. Seconde édition. *Paris, Dumoulin*, 1858, 3 vol. in-8, br.

Ouvrage couronné par l'Institut.

43. La science du langage, par Max Müller : ouvrage traduit de l'Anglais par G. Harris et G. Perrot, deuxième édition, revue et augmentée sur la cinquième édition anglaise. *Paris, Durand et Pedone Lauriel*, 1867, 1 vol. — Nouvelles leçons sur la science du langage, par Max Müller, trad. de l'Anglais, par G. Harris et G. Perrot. *Paris, Durand et Pedone Lauriel*, 1867-1868, 2 vol. Ensemble : 3 vol. in-8, demi-rel.

44. Conformité du langage françois avec le grec, par Henri Estienne : Nouvelle édition accompagnée de notes et précédée d'un essai sur la vie et les ouvrages de cet auteur, par L. Feugère. *Paris, J. Delalain*, 1853, in-12, demi-rel., dos et coins en mar.

Rare.

45. La précellence du langage françois, par Henri Estienne. Nouvelle édition accompagnée d'une étude sur Henri Estienne et de notes philologiques et littéraires, par L. Feugère. *Paris, Delalain*, 1850, in-12, demi-rel., dos et coins en mar.

Rare.

46. Histoire des langues romanes et de leur littérature, depuis leur origine jusqu'au XIV<sup>e</sup> siècle, par A. Bruce-Whyte. *Paris, Treuttel et Würtz*, 1841, 3 vol., gr. in-8, br.

47. Eléments Carlovingiens, linguistiques et littéraires (par J. Barrois). *Paris, impr. de Crapelet*, 1846, in-4, demi-rel.

Rare.

48. Curiosités de l'étymologie française, avec l'explication de quelques proverbes et dictons populaires, par Ch. Nisard. *Paris, Hachette*, 1863, in-12, demi-rel.

49. Lexiologie indo-européenne, ou essai sur la science des mots sanskrits, grecs, latins, français, lithuaniens, russes, allemands, anglais, etc., par H.-J. Chavée. *Paris, Franck*, 1849, gr. in-8, demi-rel.

50. Histoire de la formatiou de la langue française, par J.-J. Ampère. *Paris, Tessier*, 1841, in-8, demi-rel.

51. Essai philosophique sur la formation de la langue française, par Ed. du Méril. *Paris, Franck*, 1852, in-8, demi-rel.

52. Les Sires de Graves (*fac-simile* d'un curieux manuscrit du XV<sup>e</sup> siècle, publié par E. Gachet). *Bruxelles, Vandale*, s. d. (1845), gr. in-4, vignettes color., cart.

Tiré à petit nombre.
L'avertissement, composé par M. Gachet, imite le style de l'époque de manière à faire illusion.

53. Essai analytique sur l'origine de la langue française et sur un recueil des monumens de cette langue, classés chronologiquement depuis le IX<sup>e</sup> siècle jusqu'au XVII<sup>e</sup> (par G. Peignol), in-8, br.

Extrait des Mémoires de l'Académie des sciences, arts et belles-lettres de Dijon, lu à la séance du 27 août 1834.

54. Quelques recherches sur d'anciennes traductions françaises de l'Oraison dominicale, par Gabriel Peignot, in-8, br.

Extrait des mémoires de l'Académie de Dijon. Séance du 25 juillet 1838.

55. De l'état actuel de la langue française, per G.-A. Crapelet (suivi d'une lettre de G. Peignot). *Paris, impr. de Crapelet*, s. d. (1828), in-8 cart.

56. Observations sur la langue et la littérature provençales, par A.-W. de Schlegel. *Paris*, 1818, in-8, demi-rel. — On a relié dans le même volume : Des troubadours et des cours d'amour, par Raynouard, *Paris*, 1817.

57. Observations sur l'orthographe française, suivies d'un exposé historique des opinions et systèmes sur ce sujet, depuis 1527 jusqu'à nos jours, par A.-F. Didot. *Paris, Didot*, 1867, gr. in-8, br.

58. Etudes de philologie comparée sur l'argot et sur les idiomes analogues parlés en Europe et en Asie, par Francisque Michel. *Paris. Didot*, 1856, gr. in-8, demi-rel.

59. Les grammairiens français depuis l'origine de la grammaire en France, jusqu'aux dernières œuvres connues, ouvrage servant d'introduction à l'étude générale des langues, par J. Tell. *Paris. Didot*. 1874, in-12, br.

60. Grammaire des langues romanes, par Fr. Diez, troisième édition refondue et augmentée. Traduction par A. Brachet, Morel-Fatio et Gaston Paris. *Paris*. 1873-76. 3 vol. en 6 fascicules, gr. in-8, br.

Epuisé.

61. Grammaire historique de la langue française par A. Brachet, préface par E. Littré. Neuvième édition. *Paris. Hetzel*, s. d., in-12, demi-rel. — On a relié dans le même volume la grammaire de la langue d'oïl, par A. Bourguignon. *Paris. Garnier*. 1873.

62. Histoire de la grammaire. Origine et permutation des lettres, formation des mots, préfixes, radicaux et suffixes, par H. Cocheris. *Paris. Bibliothèque de l'Echo de la Sorbonne*. s. d., in-16, br.

63. Grammaires romanes inédites, du XIIIe siècle, publiées d'après les manuscrits de Florence et de Paris, par F. Guessard. *Paris, impr. de Schneider et Langrand*, 1840, in-8, br.

64. Dictionnaire de l'ancienne langue française et de tous les dialectes, du IXe au XVe siècle, composé d'après le depouillement de tous les plus importants documents, manuscrits ou imprimés, qui se trouvent dans les grandes Bibliothèques de la France et de l'Europe et dans les principales archives départementales, municipales, hospitalières ou privées, par Fr. Godefroy. *Paris. Vieweg*. 1881-1885, 4 vol. gr. in-4.

65. Complément du Dictionnaire de l'Académie française, publié sous la direction d'un membre de l'Académie française, etc., avec une préface, par M. Louis Barré. *Paris. Didot*, 1866, gr. in-4, cart.

66. Lexique Roman ou Dictionnaire de la langue des troubadours comparée avec les autres langues de l'Europe latine, précédé de nouvelles recherches historiques et philologiques, d'un résumé de la grammaire romane, d'un nouveau choix des poésies originales des troubadours et d'extraits de poèmes divers, par Raynouard. *Paris. Silvestre*. 1844, 6 vol. gr. in-8. demi-rel.

67. Lexique comparé de la langue de Corneille et de la langue du xvii^e siècle en général, par Fr. Godéfroy. *Paris, Didier.* 1862, 2 vol. in-8, demi-rel.

Ouvrage couronné par l'Institut.

68. Lexique comparé de la langue de Molière et des écrivains du xvii^e siècle, suivi d'une lettre à M. A.-F. Didot sur quelques points de philologie française, par F. Génin. *Paris. Didot.* 1846, in-8. br.

Epuisé.

69. Glossaire de la langue romane, rédigé d'après les mss. de la Bibliothèque impériale et d'après ce qui a été imprimé de plus complet en ce genre. etc., par J.-B.-B. Roquefort. *Paris. B. Warée, de l'impr. de Crapelet.* 1808, 2 vol. in-8, frontispice gravé.

70. Mémoire sur la nécessité d'un glossaire général de l'ancienne langue française, par J.-B.-B. Roquefort. *Paris, J.-B. Sajou*, 1811, in-8, demi-rel. — On a relié dans le même volume : Recherches sur les ouvrages des bardes de la Bretagne Armoricaine dans le moyen âge, par G. de la Rue, seconde édition, *Caen. F. Poisson.* 1817.

71. Dictionnaire comique, satyrique, critique, burlesque, libre et proverbial, par Ph.-J. Le Roux, nouvelle édition, revue, corrigée et considérablement augmentée. *Lyon. chez les héritiers de Beringos fratres.* 1735, in-8, rel.

72. Dictionnaire du vieux langage françois, enrichi de passages tirés des mss. en vers et en prose, des actes publics, des ordonnances de nos rois, etc., par Lacombe. *Paris, Panckouke*, 1766, 1 vol. — Dictionnaire du vieux langage françois, contenant aussi la langue Romance ou Provençale, et la Normande, du ix^e au xv^e siècle, etc., avec un coup d'œil sur l'origine, sur les progrès de la langue et de la poésie françoise, des fragments des Troubadours, etc., par Lacombe. *Paris, Delalain.* 1767, 1 vol. Ensemble : 2 vol. in-8, rel.

Le deuxième volume, paru après coup, se trouve rarement.

73. Dictionnaire roman, walon, celtique et tudesque, pour servir à l'intelligence des anciennes lois et contrats, des chartes, rescripts, titres, actes, diplômes et autres monuments, écrits en langue Romance ou langue françoise ancienne, par un Religieux Bénédictin de la congrégation de S. Vannes. *A. Bouillon. de l'impr. de la Société typographique*, 1777, in-4, rel.

74. Dictionnaire étymologique de la langue française, par A. Brachet, préface par E. Egger. Cinquième édition. *Paris. Hetzel.* s. d., in-12, cart.

Ouvrage couronné par l'Académie française.

75. Dictionnaire étymologique de la langue françoise, par Ménage, avec les origines françoises de M. de Caseneuve, les additions du P. Jacob, le discours du P. Besnier sur la science des étymologies, et le vocabulaire hagiographique de l'abbé Chastelain, le tout mis en ordre, corrigé et augmenté, par A.-F. Jault, auquel on a ajouté le dictionnaire des termes du vieux françois, de Borel, augmenté d'extraits des dictionnaires de Monet et Nicol. *Paris. Briasson.* 1750, 2 vol. in-fol., rel.

Ménage publia d'abord une première édition de cet ouvrage, en 1650, sous le titre d'*Origine de la langue françoise;* ensuite, il en prépara une nouvelle édition qui parut après sa mort, sous celui de *Dictionnaire étymologique.* Lyon et Paris, 1694. in-fol.: mais l'édition de 1750 est la seule que l'on recherche aujourd'hui.

76. Glossaire du centre de la France, par le comte Jaubert. Deuxième édition. *Paris, N. Chaix.* 1864. — Supplément, *Paris, A. Chaix*, 1869. Ensemble : 2 vol. in-4, br.

77. Dictionnaire historique de la langue française, publié par l'Académie française. Tom. 1er, premier fascicule. *Paris. Didot*, 1865, in-4, br.

78. Dictionnaire universel, contenant généralement tous les mots françois, tant vieux que modernes, et les termes de toutes les sciences et des arts, par A. Furetière. *La Haye et Rotterdam*. 1690, 3 vol. in-4, rel.

79. Dictionnaire d'étymologie française, d'après les résultats de la science moderne, par A. Scheler. Nouvelle édition entièrement refondue et considérablement augmentée. *Bruxelles, Muquardt*, 1873, gr. in-8, br.

80. Dictionnaire des doublets ou doubles formes de la langue française, par A. Brachet. *Paris, Franck*, 1868, in-8 ; supplément. *Paris. Franck*. 1871, in-8. Ensemble : 2 fascicules, in-8, br.

81. Glossaire français du moyen âge, à l'usage de l'archéologue et de l'amateur des arts, précédé de l'inventaire des bijoux de Louis, duc d'Anjou, dressé vers 1360, par L. de Laborde. *Paris, A. Labitte*, 1872, in-8, br.

## II. POÉSIE

### A. — HISTOIRE DE LA POÉSIE FRANÇAISE. — TRAITÉS

82. Tableau historique et critique de la poésie française et du théâtre français au XVIe siècle, par C.-A. Sainte-Beuve. *Paris. A. Sautelet*. 1828, 2 tom. en 1 vol., cart.

83. Essai sur la poésie et les poètes Français aux XIIe, XIIIe et XIVe siècles, par M. Benoiston-de-Chateauneuf. *Paris. Moreaux*, 1815, in-8, demi-rel.

84. Essai sur l'histoire de la poésie française en Belgique, par A. van Hasselt. *Bruxelles, Hayez*, 1838, in-4, cart.

85. De l'état de la poésie françoise dans les XIIe et XIIIe siècles, par B. de Roquefort, édition imprimée en 1815, augmentée d'une dissertation sur la chanson, chez tous les peuples. *Paris, Audin*, 1821, in-8, br.

86. Histoire de la poésie françoise, avec une défense de la poésie, par l'abbé Massieu. *Paris. Prault*. 1739, in-12, rel.

87. Histoire de la poésie française à l'époque impériale, ou exposé par ordre de genres, de ce que les poètes français ont produit de plus remarquable, depuis la fin du XVIIIe siècle jusqu'aux premières années de la Restauration, par B. Jullien. *Paris. Paulin*. 1844, 2 vol. in-18, rel.

88. La poésie du moyen âge, leçons et lectures, par Gaston Paris. La poésie du moyen âge ; Les origines de la littérature française; La Chanson de Roland ; Le pelerinage de Charlemagne ; L'ange et l'ermite ; L'art d'aimer ; Paulin Paris et la littérature du moyen âge. *Paris, Hachette*, 1885, in-16, br.

89. Über die lais, sequenzen und leiche. Ein beitrag zur geschichte der rhythmischen formen und singweisen der volkslieder und der wolksmässigen kirchen und kunstlieder im mittelalter, von Ferdinand Wolf. *Heidelberg, C.-F. Winter*, 1841, in-8, rel.

90. Le vers français ancien et moderne, par A. Tobler, traduit sur la deuxième édition allemande, par K. Breul et L. Sudre, avec une préface par G. Paris. *Paris, Vieweg*, 1885, in-8, br.

*B.* — TROUBADOURS

91. Histoire litéraire des troubadours, contenant leurs vies, les extraits de leurs pièces, etc., (rédigée d'après les notices de La Curne de Sainte-Palaye, par l'abbé Millot). *Paris, Durand*. 1774, 3 vol. in-12, demi-rel.

92. Osservazioni sulla poesia d'e trovatori e sulle principali maniere e forme di essa, confrontate brevemente colle antiche italiane. *Modena*, 1829, in-8, demi-rel.

93. Histoire de la poésie provençale. Cours fait à la Faculté des lettres de Paris, par Fauriel. *Paris, J. Labitte*. 1846, 3 vol. in-8, demi-rel., dos et coins en mar.

94. Le poème de la Croisade contre les Albigeois ou l'épopée nationale de la France du Sud au XIII<sup>e</sup> siècle. Etude historique et littéraire, par G. Guibal. *Toulouse, A. Chauvin*. 1863, in-8, demi-rel.

95. Histoire de la Croisade contre les hérétiques Albigeois, écrite en vers provençaux par un poète contemporain, traduite et publiée par C. Fauriel. *Paris, impr. royale*, 1837, in-4, br.

De la collection des documents inédits sur l'histoire de France.

96. La Chanson de la Croisade contre les Albigeois, commencée par Guillaume de Tudèle et continuée par un poète anonyme, éditée et traduite par P. Meyer. *Paris, Renouard*. 1875-1879, 2 vol. gr. in-8, br.

97. La Croisade contre les Albigeois, épopée nationale traduite par Mary Lafon, illustrée de douze gravures hors texte reproduisant les anciens dessins du temps. *Paris, librairie internationale*, 1868, in-8, demi-rel.

98. Der Roman von Fierabras, Provenzalisch. Herausgegeben von Imm. Bekker. *Berlin, Reimer*, 1829, in-4, br.

Cette publication est la première où ait été donné en entier le texte d'une chanson de geste.

99. Girard de Roussillon, chanson de geste traduite pour la première fois par P. Meyer. *Paris, Champion*, 1884, in-8, br.

100. Gérard de Rossillon, chanson de geste ancienne publiée en provençal et en français, d'après les mss. de Paris et de Londres, par Francisque Michel. *Paris, P. Jannet*, 1856, in-16. (Bibl. Elzevir).

Epuisé.

101. Etudes sur Girard de Rossilho, chanson de geste provençale, suivis (*sic*) de la partie inédite du manuscrit d'Oxford, par K. Schweppe. *Stettin*. 1878, in-8, 52 pag. br.

102. Guillaume de La Barre, roman d'aventure composé en 1318 par Arnaud Vidal de Castelnaudary, notice accompagnée d'un glossaire, publiée par P. Meyer. *Paris. Franck.* 1868, in-8 br.

103. Le Breviari d'amor de Matfre Ermengaud, suivi de sa lettre à sa sœur, publié par la Société archéologique, scientifique et littéraire de Béziers. Introduction et glossaire, par G. Azaïs. *Paris. Franck.* s. d., 2 vol. gr. in-8. br. (Le 2e volume est en quatre livraisons séparées.)

Le texte des cinq premières livraisons a été établi par M. P. Meyer. Les cinq dernières sont l'œuvre de M. G. Azaïs.

104. Les derniers troubadours de la Provence, d'après le Chansonnier donné à la Bibliothèque impériale par M. Ch. Giraud, par P. Mayer. *Paris. Franck.* 1871, in-8, br.

105. Le roman de Flamenca, publié d'après le ms. unique de Carcassonne, traduit et accompagné d'un glossaire, par P. Meyer. *Paris, Franck.* 1865, gr. in-8. br.

106. Anciennes poésies religieuses en langue d'oc, publiées, d'après les manuscrits, par P. Meyer. *Paris. Franck.* 1860, in-8, br.

107. Der troubadour Jaufre Rudel, sein Leben und seine Werke; von A. Stimming. *Kiel.* 1873, in-8, br.

108. Aigar et Maurin. Fragments d'une chanson de geste provençale inconnue, publiés d'après un manuscrit récemment découvert à Gand, par A. Scheler. *Bruxelles.* Olivier, 1877, in-8, br.

109. Daurel et Beton, chanson de geste provençale, publiée pour la première fois, d'après le ms. unique appartenant à M. A. Didot, par P. Meyer. *Paris. Didot.* 1880, in-8.

Publication de la Société des anciens textes français.

110. La vida de sant Honorat, légende en vers provençaux par Raymond Féraud, troubadour Niçois du XIIIe siècle, publiée pour la première fois en son entier, avec de nombreuses notes explicatives, par A.-L. Sardou. *Nice. impr., Caisson et Mignon.* s. d. gr. in-8, br.

Tiré à 150 exemplaires numérotés.

111. La vida de sant Honorat (la vie de Saint-Honorat), légende en vers provençaux du XIIIe siècle, par Raymond Féraud. Analyse et morceaux choisis, avec la traduction textuelle desdits morceaux, la biograhie du vieux poète et une notice historique sur saint Honorat et sur les îles de Lérins, par A.-L. Sardou. *Paris. P. Janet.* s. d. gr. in-8 br.

112. Des troubadours et des cours d'amour, par Raynouard. *Paris. Firmin Didot.* 1817, in-8, demi-rel.

113. Provenzalisches Lesebuch, mit einer literarischen einleitung und einem wörterbuche, herausgegeben von K. Bartsch. *Elberfeld.* 1855, in-8, demi-rel. tête dor.

Première forme de la Chrestomathie provençale, du même auteur.

114. Chrestomathie provençale, accompagnée d'une grammaire et d'un glossaire, par K. Bartsch. Troisième édition, revue et corrigée. *Elberfeld.* 1875, in-8, br.

115. Les Troubadours et leur influence sur la littérature du Midi de l'Europe, avec des extraits et des pièces rares ou inédites, par E. Baret. Deuxième édition. *Paris, Didier*, 1866, in-8, br.

116. Le Parnasse Occitanien, ou choix de poésies originales des troubadours, tirées des manuscrits nationaux (par de Rochegude). *Toulouse*. 1819, in-8, demi-rel.

117. Der trobador Guillem de Cabestanh. Sein Leben und seine Werke, von Fr. Hüffer. *Berlin*. 1869, in-8, br.

118. Der Mönch von Montaudon, ein Provenzalischer troubadour. Sein Leben und seine Gedichte, von E. Philippson. *Halle. Max Niemeyer*. 1873, in-8, br.

119. Las Flors del gay saber, estier dichas las Leys d'amors. Les Fleurs du gai savoir, autrement dites Lois d'Amour, traduction de MM. d'Aguilar et d'Escouloubre, revue et complétée par Gatien-Arnoult. *Paris. Toulouse*. s. d. (1841-1843), 3 vol. — Las Joyas del gay saber. Les Joies du gai savoir, recueil de poésies en langue romane, etc., avec la traduction littérale et des notes, par J.-B. Noulet. *Paris. Toulouse*. s. d. (1849), 1 vol. Ensemble, 4 vol., gr. in-8, demi-rel.

120. Lieder Guillems IX, grafen von Peitieu, herzogs, von Aquitanien, herausgegeben von A. Keller. *Tubingen*. 1848, in-8, br.

121. Le Trésor de Pierre de Corbiac, en vers Provençaux, publié en entier, avec une introduction et des extraits du Bréviaire d'amour de Matfre Ermengau de Béziers, de l'Image du monde de Gautier de Metz et du Trésor de Brunetto Latini, par Sachs. Seconde édition augmentée. *Brandebourg*. 1859. 56 pages, in-8, br.

122. Les Troubadours de Béziers, par G. Azaïs. Deuxième édition. *Béziers, A. Malinas*. 1869, in-8, br.

Un très grand nombre de fautes d'impression qui déparaient la première édition ont disparu de la seconde. Le texte, donné d'abord d'après des copies de Rochegude, a été revu sur les manuscrits. Enfin, trois pièces nouvelles ont été ajoutées.

123. Cantinella provençale du XIe siècle, en l'honneur de la Madeleine, chantée annuellement à Marseille, le jour de Pâques jusques en MDCCXII. Introduction, commentaires et recherches historiques, par J.-T. Bory. *Marseille*, 1861, in-8, br.

Tiré à 100 exemplaires.

Ce chant, que M. J.-T. Bory place au XIe siècle, ne paraît guère remonter au-delà du XIVe.

124. Lieder Guillems von Berguedan, herausgegeben von A. Keller. *Mitau und Leipzig*, 1849, in-8, br.

125. Ungedruckte provenzalische Lieder von Peire Vidal, Bernard V. Ventadorn, Folquet v. Marseille und Peirol v. Auvergne, herausgegeben von N. Delius. *Bonn*. 1853, in-8, br.

Épuisé.

126. Fragment d'un poème en vers romans sur Boece, imprimé en entier pour la première fois, d'après le manuscrit du XIe siècle qui se trouvait à l'abbaye de Fleury ou Saint-Benoît-sur-Loire; publié, avec des notes et une traduction interlinéaire, par Raynouard. *Paris, Firmin-Didot*. 1817, gr. in-8, demi-rel.

127. Boece, bibl. d'Orléans, nº 374 (publié par P. Meyer). *Nogent-le-Rotrou, A. Gouverneur*, 1872, 8 pages in-8, br.

Tiré à 100 exemplaires pour l'usage de l'École des Chartes.

128. Le Martyre de sainte Agnès, mystère en vieille langue provençale, texte revu sur l'unique ms. original, accompagné d'une traduction littérale en regard et de nombreuses notes, par A.-L. Sardou. Nouvelle édition, enrichie de seize morceaux de chant du XIIe et du XIIIe siècle, notés suivant l'usage du vieux temps et reproduits en notation moderne par l'abbé Raillard. *Paris, Champion*, s. d., gr. in-8, br.

Tiré à 200 exemplaires numérotés.

129. Sancta Agnes. Provenzalisches geistliches schauspiel, herausgegeben von K. Bartsch. *Berlin*. 1869, in-12, br.

130. Fragments d'un mystère provençal, découverts à Périgueux, publiés, traduits et annotés par C. Chabaneau. *Périgueux, Dupont*. 1874, gr. in-8, br.

131. Ludus sancti Jacobi, fragment de mystère provençal, découvert et publié par C. Arnaud. *Marseille*, 1858, in-16, br.

## C. — COLLECTIONS DE POÈTES FRANÇAIS

132. Recueil de fabliaux, précédé d'une introduction, par M. A***. *Paris, imprimerie de Béthune*, 1829, in-32, demi-rel.

133. Choix de fabliaux, mis en vers par Imbert. *Paris, Le Prieur*, 1795, 2 vol. in-16, cart.

134. Fabliaux et contes des poètes françois des XIIe, XIIIe, XIVe et XVe siècles, tirés des meilleurs auteurs. (Par Barbazan.) *Paris*. 1756, 3 vol in-12, rel.

135. Fabliaux et contes des poètes françois des XIe, XIIe, XIIIe, XIVe et XVe siècles, tirés des meilleurs auteurs; publiés par Barbazan. Nouvelle édition, augmentée et revue sur les mss. de la Bibl. impér., par M. Méon. *Paris. B. Warée*, 1808, 4 vol. in-8, demi-rel., dos et c. en mar., tête dor.

136. Nouveau recueil de fabliaux et contes inédits, des poètes français des XIIe, XIIIe, XIVe et XVe siècles; publié par M. Méon. *Paris, Chasseriau*, 1823, 2 vol. in-8, demi-rel. (Capé).

Rare.

137. Nouveau recueil de fabliaux et contes inédits, des poètes français des XIIe, XIIIe, XIVe et XVe siècles; publié par M. Méon. *Paris, Chasseriau*, 1823, 2 vol. in-8, demi-rel.

138. Livre Mignard, ou la Fleur des fabliaux; publié par Ch. Malo. *Paris, L. Janet*, s. d. (1830), pet. in-8, demi-rel., frontispice et gravures.

Rare.

139. Recueil général et complet des fabliaux des XIIIe et XIVe siècles, imprimés ou inédits, publiés avec notes et variantes, d'après les mss., par A. de Montaiglon et G. Raynaud. *Paris, Librairie des Bibliophiles*, 1872-1883, 5 vol. in-8, écu, br.

140. Zwei fabliaux, aus einer Nauenburger Handschrift herausgegeben von A. Keller. *Stuttgart*, 1840, in-8, toile.

141. Nouveau recueil de contes, dits, fabliaux et autres pièces inédites des XIIIe, XIVe et XVe siècles, pour faire suite aux collections de Legrand d'Aussy, Barbazan et Méon, mis au jour pour la première fois par A. Jubinal. *Paris, Ed. Pannier*, 1839; *Challamel*, 1842. 2 vol. in-8, br.

142. Tristan, recueil de ce qui reste des poèmes relatifs à ses aventures, composés en françois, en anglo-normand et en grec, dans les XIIe et XIIIe siècles, publié par Francisque Michel. *Londres, Guillaume Pickering*, 1835-39, 3 vol. in-16, cart.

Rare.

143. Jongleurs et Trouvères, ou choix de saluts, épitres, rêveries et autres pièces légères des XIIIe et XIVe siècles; publié pour la première fois par A. Jubinal, d'après les mss. de la Bibliotèque du roi. *Paris, J.-A. Merklein*, 1835, in-8, demi-rel.

Tiré à petit nombre.

144. Recueil de chants historiques français depuis le XIIe jusqu'au XVIIIe siècle, avec des notices et une introduction, par Leroux de Lincy. Première série, XIIe, XIIIe, XIVe et XVe siècles. — Deuxième série, XVIe siècle. *Paris, Ch. Gosselin*, 2 vol. in-18, br.

145. Chants historiques et populaires du temps de Charles VII et de Louis XI, publiés pour la première fois, d'après le ms. original, avec des notices et une introduction, par Leroux de Lincy. *Paris, Aubry*, 1857, in-16, toile br.

Épuisé.

146. Recueil de motets français des XIIe et XIIIe siècles, publiés d'après les mss., avec introduction, notes, variantes et glossaires, par G. Raynaud, suivis d'une étude sur la musique au siècle de saint Louis, par H. Lavoix fils. *Paris, Vieweg*, 1881-83, 2 vol. in-12, cart.

147. Trouvères, jongleurs et ménestrels du Nord de la France et du Midi de la Belgique, par A. Dinaux. *Paris, Techener*, 1837, 1839, 1843 et 1863, 4 vol. gr. in-8, demi-rel., dos et c. tête dor.

Collection rare.

Le premier volume contient les Trouvères Cambrésiens, le second les Trouvères de la Flandre et du Tournaisis, le troisième les Trouvères Artésiens et le quatrième les Trouvères Brabançons, Hainuyers, Liégeois et Namurois. Le premier volume est la troisième édition, revue et augmentée, d'un Mémoire (couronné par la Société d'émulation de Cambrai), qui a d'abord paru en deux livraisons dans les Archives historiques et littéraires du Nord de la France et du Midi de la Belgique, et qui a été ensuite publié à part, à très petit nombre, en 1834.

148. Altfranzösische Lieder und Leiche, aus Handschriften zu Bern und Neuenburg; mit grammatischen und litterarhistorichen Abhandlungen, von W. Wackernagel. *Basel*, 1846, in-8, br.

149. Altfranzösische Romanzen und Pastourellen, herausgeg. von K. Bartsch. *Leipzig, Vogel*, 1870, in-8, br.

La préface contient l'énumération des vingt-quatre mss. (de Paris, Oxford, Vienne, Rome, Berne), qui ont servi de base à cette publication. Le volume se divise ensuite en trois livres : I. Romances (d'abord les anonymes, puis celles dont les auteurs sont connus); II. Pastourelles anonymes; III. Pastourelles d'auteurs connus. Un appendice contient huit pastourelles de Froissard.

150. Les Lapidaires français du moyen âge des xiie, xiiie et xive siècles, réunis, classés et publiés, accompagnés de préfaces et de tables, et d'un glossaire, par L. Pannier, avec une notice préliminaire, par G. Paris. *Paris, Vieweg*. 1882, gr. in-8, br.

151. Trouvères belges du xiie au xive siècle. Chansons d'amour, jeux-partis, pastourelles, dits et fabliaux, par Quènes de Béthune, Henri III, duc de Brabant, Gillebert de Berneville, Mathieu de Gand, Jacques de Baisieux, Gauthier le Long, etc., publiés, d'après les mss. et annotés, par A. Scheler. *Bruxelles, Closson*. 1876, gr. in-8, br.

152. Trouvères belges (nouvelle série). Chansons d'amour, jeux-partis, pastourelles, satires, dits et fabliaux, par Gonthier de Soignies, Jacques de Cisoing, Carasaus, Jehan Fremaus, Laurent Wagon, Raoul de Houdenc, etc., publiés d'après les mss. et annotés par A. Scheler. *Louvain. Lefever*. 1879, gr. in-8, br.

153. Altfranzösische Lieder, berichtigt und erläutert von E. Mätzner. *Berlin*, 1853, in-8, br.

154. Les anciens poètes de la France, publiés sous la direction de M. F. Guessard. *Paris, Franck*, 1859-1870, 10 vol. in-12, rel. toile, papier vergé.

Collection complète, comprenant, dans leur ordre de publication, Gui de Bourgogne. Otinel. Floovant — Doon de Maience — Gaufrey — Fierabras. Parise la Duchesse — Huon de Bordeaux — Aye d'Avignon. Gui de Nanteuil — Gaydon — Hugues Capet — Macaire — Aliscans.

155. Extraits de plusieurs petits poèmes écrits, à la fin du xive siècle, par un prieur du Mont-Saint-Michel, publiés pour la première fois (par l'abbé Desroches). *Caen, Mancel*. 1837, gr. in-8, cart.

Tiré à 150 exemplaires.

156. Recueil de poésies françoises des xve et xvie siècles, morales facétieuses, historiques, réunies et annotées par A. de Montaiglon. *Paris, Jannet, Pagnerre, Franck, Daffis*. 1855-1877, 12 vol. in-16 (Bibl. Elzévir).

157. Recueil de poésies françoises des xve et xvie siècles, etc. *Paris, Jannet*, 1855, tome I et II, 2 vol.

158. Lais inédits des xiie et xiiie siècles, publiés pour la première fois, d'après les mss. de France et d'Angleterre, par Francisque Michel. *Paris. Techener*. 1836, pet. in-8, br.

159. Romans des douze Pairs de France. *Paris*. 1832-1848, 12 vol. in-12, demi-rel., dos et coins en mar., tête dor.

Collection complète, comprenant huit poèmes différents, savoir : Li romans de Berte aus grans piés, publié par M. Paulin Paris, 1 vol. ; Li romans de Garin le Loherain, publié par P. Paris, 2 vol.; Li romans de Parise la Duchesse, publié par G.-F. de Martonne, 1 vol.; la Chanson des Saxons par Jean Bodel, publiée par Francisque Michel, 2 vol.; Li romans de Raoul de Cambrai, publié par Edw. Le Glay, 1 vol. ; la Chevalerie Ogier de Danemarche, par Raimbert de Paris, publiée par J. Barrois, 2 vol.; la Mort de Garin le Loherain, publiée par Ed. Duméril, 1 vol.; la Chanson d'Antioche, publiée par P. Paris, 2 vol.

Hormis le 10e vol. (la Mort de Garin le Loherain, continuation du roman de Garin le Loherain), qui a paru à librairie *Franck*, *Paris* et *Leipzig*, les onze autres volumes de cette collection ont été édités par *J. Techener*, libraire à *Paris*.

Un 13e vol., contenant le roman du Saint-Graal, publié par Fr. Michel, et le Romancero françois, publié par P. Paris, est ajouté à la collection ci-dessus. Ensemble, 13 vol.

160. Serventois et sottes chansons couronnés à Valenciennes, tirés des mss. de la Bibl. du Roi. Seconde édition, *Valenciennes, Prignet*, 1833, in-8, br.

161. Serventois et sottes chansons couronnés à Valenciennes, tirés des mss. de la Bibl. du Roi. Troisième édition, revue, corrigée avec soin sur le ms., et augmentée d'un dialogue en dialecte Rouchi du XVIe siècle. *Paris, Mercklein*, 1834, gr. in-8, demi-rel.

162. Guillaume d'Orange. Chansons de geste des XIe et XIIe siècles, publiées pour la première fois et dédiées à S. M. Guillaume III, roi des Pays-Bas, prince d'Orange, par W.-J.-A. Jonckbloet. *La Haye, Martinus Nyhoff*, 1854, 2 vol. in-8, br.

Épuisé.

163. Les poètes français, recueil des chefs-d'œuvres de la poésie française, depuis les origines jusqu'à nos jours, avec une notice littéraire sur chaque poète, précédé d'une introduction, par M. de Sainte-Beuve, publié sous la direction de M. Eug. Crépet. *Paris, Gide*, 1861 ; *Hachette*, 1863, 4 vol. gr. in-8, cart.

164. Poètes de Champagne antérieurs au siècle de François Ier. Proverbes champenois avant le XVIe siècle. (Publiés par P. Tarbé). *Reims*, 1851, in-8, demi-rel.

Épuisé.
On trouve dans ce volume une partie du Roman du Renard Contrefait.

165. Extraits de quelques poésies des XIIe, XIIIe et XIVe siècles. (Publiés par J.-R. Sinner). *Lausanne, Grasset*, 1759, pet. in-8, demi-rel.

Très rare.

166. Romvart. Beiträge zur kunde mittelalterlicher Dichtung aus italienischen Bibliotheken von A. Keller. *Mannheim, Bassermann; Paris, J. Renouard*, 1844, in-8, br.

Notices et extraits de manuscrits inédits des Bibliothèques de Venise, Florence et Rome, relatifs à l'Histoire littéraire de la poésie romane du moyen âge.

167. Poésies des XIVe et XVe siècles, publiées d'après le mss. de la bibl. de Genève, par Eug. Ritter. *Genève*, 1880, in-16, br.

168. Les poètes françois, depuis le XIIe siècle jusqu'à Malherbe, avec une notice historique et littéraire sur chaque poète. (Publ. par P.-R. Auguis). *Paris, imp. de Crapelet*, 1824, 6 vol. in-8, rel.

## D. — TROUVÈRES ET AUTRES POÈTES FRANÇAIS, DEPUIS L'ORIGINE DE LA LANGUE JUSQU'A VILLON

### *a. — Chansons de geste. — Romans d'antiquité.*

169. Charlemagne, an anglo-norman poem of the twelfth century now first published, with an introduction and a glossarial index, by Francisque Michel. *London, W. Pickering*, 1836, in-16, toile noire.

Récit d'un prétendu voyage de Charlemagne à Jérusalem et à Constantinople. C'est le plus ancien poème français en vers alexandrins.

170. Charlemagne, an anglo-norman poem of the twelfth century, now first published with an introduction and a glossarial index, by Francisque Michel. *London, W. Pickering*, 1836, in-16, toile brune, papier de couleur.

Provenant de la Bibliothèque de M. Guizot.

171. Karls des Grossen Reise nach Jerusalem und Constantinopel, ein altfranzösisches gedicht, des XI, Jahrhunderts, herausgegeben von Ed. Koschwitz. *Heilbronn, Henninger*, 1880, in-12, br.

Autre édition du « Voyage de Charlemagne à Jérusalem et à Constantinople ».

172. La mort Aymeri de Narbonne, chanson de geste publiée, d'après les manuscrits de Lonnres et de Paris, par J. Couraye du Parc. *Paris, Didot*, 1884, in-8.

Publication de la Société des anciens textes français.

173. Li Roumans de Cléomadès, par Adenès li rois, publié pour la première fois, d'après un manuscrit de la Bibl. de l'Arsenal, à Paris, par A. Van Hasselt. *Bruxelles, V. Devaux*, 1865-66, 2 tom. en 1 vol. gr. in-8, demi-rel.

174. Observations philologiques et critiques sur le texte du Roman de Cléomadès publié par M. A. Van Hasselt, par J.-H. Bormans. *Liège, Carmanne*, 1867, in-8, br.

175. Les Enfances Ogier, par Adenès li rois, poème publié pour la première fois d'après un ms. de la Bibl. de l'Arsenal et annoté par A. Scheler. *Bruxelles, Closson*, 1874, gr. in-8, br.

176. Li Roumans de Berte aus grans piés, par Adenès li rois, poème publié d'après le ms. de la Bibl. de l'Arsenal, avec notes et variantes, par A. Scheler. *Bruxelles, Closson*, 1874, gr. in-8, br.

Le Roman de Berte aus grands piés a été publié pour la première fois, en 1832, par P. Paris, dans la collection des romans des douze pairs de France.

177. Bueves de Commarchis, par Adenès li rois, chanson de geste publiée pour la première fois et annotée par A. Scheler. *Bruxelles, Closson*, 1874, gr. in-8, br.

178. Le Roman en vers de Girart de Rossillon, jadis duc de Bourgogne, publié pour la première fois, d'après les mss. de Paris, de Sens et de Troyes, avec de nombreuses notes philologiques et neuf dessins, dont six chromolithographiés, suivi de l'Histoire des premiers temps féodaux, par Mignard. *Dijon*, 1858, fort vol. gr. in-8, br.

179. Aiol et Mirabel und Elie de Saint-Gille, zwei altfranzösische heldengedichte, mit anmerkungen und glossar, etc., zum ersten mal herausgegeben von W. Foerster. *Heilbronn, Henninger*, 1876-1882, gr. in-12, demi-rel.

180. Aiol, chanson de geste publiée, d'après le ms. unique de Paris, par J. Normand et G. Raynaud. *Paris, Didot*, 1877, in-8.

Publication de la Société des anciens textes français.

181. Elie de Saint-Gille, chanson de geste publiée, avec introduction, glossaire et index, par G. Raynaud. *Paris, Didot*, 1879, in-8.

Publication de la Société des anciens textes français.

182. Über die Vengeance Fromondin, die allein in Hs. Ma erhaltene fortsetzung der chanson de Girbert de Mez. Von A. Rudolph. *Marburg*, 1885, in-8, br.

183. Fragment de la chanson de geste de Girbert de Metz, publié par A. de Rochambeau. *Paris, Pillet*, 1867, in-8, demi-rel.

184. Girbers de Metz, par Jean de Flagy, herausgegeben von Ed. Stengel. (Romanische Studien, herausgegeben von Ed. Boehmer, Heft, IV). *Strassburg, Trubner*, 1874, in-8, br.

Début de la chanson de Girbert de Metz, d'après le ms. de la B. N. fr. 19,160 avec les variantes de plusieurs autres mss.

185. Raoul de Cambrai, chanson de geste publiée par P. Meyer et A. Longnon. *Paris, Didot*, 1882, in-8, pap. vergé, percal. br., non rog.

Publication de la Société des anciens textes français. Une première édition de « Raoul de Cambrai » a été donnée, en 1840, par Edw. Le Glay et fait partie de la collection des romans des douze pairs de France.

186. La Chanson du Chevalier au Cygne et de Godefroid de Bouillon, publiée par C. Hippeau. Première partie, le Chevalier au Cygne. *Paris, Aubry*, 1874, pet. in-8, br.

1re branche du Chevalier au Cygne, fin du XIIe siècle ou commencement du XIIIe.

On a pris l'habitude de désigner sous le nom de « Chevalier au Cygne », l'ensemble des poèmes relatifs à la première croisade. Cinq branches réunies avant 1268 sont, dans l'ordre du récit : 1° le Chevalier au Cygne, consacré à l'histoire légendaire des ancètres des trois fils du duc de Bouillon : Baudouin, Godefroi et Eustache ; 2° les Enfances Godefroi, où le poète commence le récit de la première croisade ; 3° la Chanson d'Antioche, publiée par P. Paris, dans la collection des romans des douze pairs de France ; 4° les Chétifs ; 5° la Chanson de Jérusalem. Deux poèmes complémentaires, d'un caractère tout différent, Baudouin de Sebourg et le Bastard de Bouillon, sont du commencement du XIVe siècle.

187. La Chanson du Chevalier au Cygne et de Godefroid de Bouillon, publiée par C. Hippeau. Deuxième partie, Godefroid de Bouillon. *Paris, Aubry*, 1877, pet. in-8, br.

2e branche du Chevalier au Cygne ; M. C. H. a donné aussi dans ce volume l'épisode des Chétifs.

188. La Conquête de Jérusalem, faisant suite à la Chanson d'Antioche composée par le pèlerin Richard et renouvelée par Graindor de Douai, au XIIIe siècle, publiée par C. Hippeau. *Paris, Aubry*, 1868, pet. in-8, br.

L'un des 50 exemplaires sur papier vergé. 5e branche du Chevalier au Cygne.

189. Analyse du Roman de Godefroi de Bouillon (par Leroux de Lincy). Extrait de la Bibliothèque de l'Ecole des Chartes, mai-juin, 1841, *Paris, Schneider et Langrand*, in-8, de 24 p., br.

190. Godefroi de Bouillon et les assises de Jérusalem, avec des documents inédits, par Fr. Monnier. *Paris, Didier*, 1874, in-8, br.

M. Fr. M. a donné (p. 104-105), un fragment du ms. de la B. N. fr., 12,569, où est racontée la mort de Godefroi.

191. Li Romans de Bauduin de Sebourc, IIIe roy de Jhérusalem ; poème du XIVe siècle, publié pour la première fois, d'après les mss. de la Bibl. royale. *Valenciennes*, 1841, gr. in-8, tom. I seulement.

192. Li Bastars de Buillon (faisant suite au roman de Baudouin de Sebourg), poème du XIVe siècle, publié pour la première fois, d'après le ms. unique de la Bibl. Nat. de Paris, par A. Scheler. *Bruxelles, Closson*, 1877, in-8, br.

193. Le Chevalier au Cygne et Godefroid de Bouillon, poème historique publié pour la première fois par le baron de Reiffenberg. *Bruxelles, Hayez*, 1846-1848, 2 vol. — Le Chevalier au Cygne et Godefroid de Bouillon, publication commencée par le baron de Reiffenberg et achevée par M. Borgnet, avec un glossaire par M. Émile Gachet. *Bruxelles, Hayez*, 1854-1859, 2 vol. Ensemble 4 vol. in-4, cart.

Remaniement écrit vers la fin du XIVe siècle.

194. Dissertation sur le Roman de Roncevaux, par H. Monin. *Paris, impr. royale*, 1832, in-8, demi-rel., tête dor. On a relié dans le même volume l'Examen critique de la Dissertation sur le Roman de Roncevaux, par Francisque Michel.

Le poème primitif du XIe siècle, connu sous le nom de Chanson de Roland, nous a été conservé dans deux copies d'inégale valeur, l'une transcrite en Angleterre, c'est le célèbre ms. d'Oxford, l'autre, d'origine italienne, et qui se trouve à la bibliothèque de Saint-Marc, à Venise, fonds français no IV. Vers la fin du XIIe, ou au commencement du XIIIe siècle, le texte ancien de Roland fut remanié et subit d'importantes modifications. Ce remaniement, désigné habituellement sous le nom de Roman de Roncevaux, a été conservé dans six mss., se divisant en deux familles : l'une comprenant le ms. de la bibliothèque de Saint-Marc, à Venise, fonds français, no VII, et celui de la ville de Châteauroux; l'autre, comprenant le ms. de la Bibl. Nat., fr. 860, celui de la ville de Lyon et celui de Cambridge, plus un fragment lorrain.

195. La Chanson de Roland ou de Roncevaux du XIIe siècle, publiée pour la première fois, d'après le ms. de la bibliothèque Bodléienne à Oxford, par Francisque Michel. *Paris, Silvestre*, 1837, gr. in-8, demi-rel., tête dor.

L'un des neuf exemplaires sur papier de Chine.

196. La Chanson de Roland et le Roman de Roncevaux des XIIe et XIIIe siècles, publiés, d'après les mss. de la Bibl. Bodléienne à Oxford et de la Bibl. impér., par Francisque Michel. *Paris, Didot*, 1869, in-12, br.

On a ici le texte original et, de plus, un des remaniements.

197. Le Poème de Roncevaux, traduit du roman en françois, par J.-L. Bourdillon. *Dijon, Frantin*, 1840, in-12, demi-rel. On a relié dans le même volume : Roncisvals, mis en lumière par J.-L. Bourdillon. *Paris, Treuttel et Wurtz*, 1841. (Texte du ms. de Châteauroux).

198. Supplément au Poème de Roncevaux mis en lumière par J.-L. Bourdillon. *Paris, Tilliard*, 1847, in-8, de 44 p., br. — Deux autres Suppléments, le premier, paginé, de 45 à 60 (1850), le deuxième, paginé, de 61 à 68 (1851), devenus introuvables, n'ayant été tirés qu'à très petit nombre.

199. La Chanson de Roland, poème de Théroulde, texte critique accompagné d'une traduction, d'une introduction et de notes, par F. Génin. *Paris, Imp. Nat.* 1850, in-8, demi-rel., tête dor, dos et c. en mar. (Texte du ms. d'Oxford.)

Épuisé et rare.

200. Commentaire sur la Chanson de Roland (texte critique de M. Génin), par Paulin Paris. *Firmin-Didot*. 66 p. in-8, br. en deux parties.

201. La Chanson de Roland, nach der Oxforder Handschrift von neuem herausgegeben, erläutert und mit einem vollständigen glossar versehen von Th. Müller. Erste Hälfte. *Göttingen*, 1863, in-8, br.

202. La Chanson de Roland. Nach der Oxforder Handschrift herausgegeben, erläutert und mit einem glossar versehen von Th. Müller. Erster theil. Zweite völlig umgearbeitete auflage. *Göttingen*, 1878, in-8, br., non c.

M. Th. Müller est mort avant le temps, sans avoir donné la seconde partie.

203. Rencesval, édition critique du texte d'Oxford de la Chanson de Roland, par E. Boehmer. *Paris, Franck*, 1872, in-12, br.

204. La Chanson de Roland, texte critique accompagné d'une traduction nouvelle et précédé d'une introduction historique, par Léon Gautier, avec eaux-fortes par Chifflart et V. Foulquier et un *fac-simile*. *Tours, Mame*, 1872, 2 vol. gr. in-8, demi-rel., dos et coins en mar., tête dor. (Texte d'Oxford).

205. La Chanson de Roland, texte critique, par L. Gautier. 3e édition, revue avec soin et précédée d'une nouvelle préface. *Tours, Mame*, 1872, pet. in-16, demi-rel.

Non mis dans le commerce. Exemplaire tiré pour la bibliothèque de M. de la Grange.

206. La Chanson de Roland. Texte critique, traduction et commentaire, grammaire et glossaire, par L. Gautier. Edition classique. *Tours, Mame*, 1875, in-12, br.

207. La Chanson de Roland, texte critique, traduction et commentaire, par L. Gautier. 6e édition. *Tours, Mame*, 1876, in-8, br.

208. La Chanson de Roland, traduction précédée d'une introduction et accompagnée d'un commentaire, par L. Gautier. 10e édition, illustrée par O. Merson, Ferat et Zier. *Tours. Mame*, 1881, in-8 cart.

209. La Chanson de Roland. Genauer abdruck der Venetianer Handschrift IV, besorgt von E. Kölbing. *Heilbronn, Henninger*, 1877, in-12, br.

210. Das Altfranzösische Rolandslied, text von Châteauroux und Venedig VII, herausgegeben von W. Foerster. *Heilbronn, Henninger*. 1883, in-12, br.

211. Das Altfranzösische Rolandslied, text von Paris, Cambridge-Lyon und den sog. Lothringischen Fragmenten, mit R. Heiligbrodt's, concordanztabelle zum altfranzösischen Rolandslied, herausgegeben von W. Foerster. *Heilbronn, Henninger*, 1886, in-12, br.

212. Das Altfranzösische Rolandslied. Genauer abdruck der Oxforder Hs. Digby 23 besorgt von E. Stengel. Mit einem photographischen *fac-simile*. *Heilbronn, Henninger*, 1878, pet. in-8, br.

213. La Chanson de Roland, traduction nouvelle rhythmée et assonancée, avec une introduction et des notes, par L. Petit de Julleville. *Paris, Lemerre*, 1878, in-8 écu, br. non c.

214. La Chanson de Roland, poème de Théroulde, suivi de la Chronique de Turpin, traduction d'Alex. de Saint-Albin. *Paris, A. Lacroix, Verboeckhoven et Cie*, 1865, in-12, br.

215. Altfranzösisches Ubungsbuch, herausgegeben von W. Foerster und E. Koschwitz. Erstes zusatzheft : Rolandmaterialien zusammengestellt, von W. Foerster. *Heilbronn, Henninger*, 1886, gr. in-8, br.

216. Zur Kritik der Chanson de Roland. (Dissertation de docteur), par G. Laurentius. *Altenburg*. s. d. (1877), in-8, br.

217. Bibliographie de la Chanson de Roland, par J. Bauquier, *Heilbronn, Henninger*, 1877, in-8, br.

218. Etude sur la composition de la Chanson de Roland, von O. Weddigen. *Schwerin*, 1876, in-4 de 56 p., br.

219. Ueber ein Fragment des Guillaume d'Orenge, von C. Hoffmann, in-4, perc. (Extrait des Mémoires de l'Académie royale des sciences de Bavière.)

220. Amis et Amiles und Jourdains de Blaivies. Zwei altfranzösische Heldengedichte des Kerlingischen sagenkreises. Nach der Pariser Handschrift zum ersten Male herausgegeben von C. Hoffmann. *Erlangen*, 1852, in-8, br.

221. Le même. Seconde édition. *Erlangen*, 1882, in-8, br.

222. Amis and Amiloun, zugleich mit der Altfranzösischen Quelle, herausgegeben von E. Kölbing. *Heilbronn, Henninger*, 1884, in-12, br.

Contient (p. 111-187), la version anglo-normande, Amis e Amilun.

223. I complementi della Chanson d'Huon de Bordeaux, testi Francesi inediti tratti da un codice della Biblioteca nazionale di Torino e publicati da A. Graf. 1. Auberon, *Halle, Max Niemeyer*, 1878, in-4, br.

224. Le Roman des Quatre fils Aymon, princes des Ardennes (publié par P. Tarbé). *Reims*, 1861, in-8, br.

225. Renaus de Montauban oder die Haimonskinder, altfranzösisches gedicht, nach den handschriften zum ersten mal herausgegeben von H. Michelant. *Stuttgart*, 1862, in-8, br.

Publication de la Société littéraire de Stuttgard.
Rare.

226. Le Roman d'Aquin ou la Conqueste de la Bretaigne par le roy Charlemaigne, chanson de geste du xiie siècle publiée par F. Joüon des Longrais. *Nantes, Société des Bibliophiles Bretons*, 1880, in-8, br.

227. Chanson d'Aspremont, (publiée par MM. Guessard et Gautier). *Paris, impr. de Firmin Didot*, s. d. (1855), gr. in-8, de 24 pag. à 2 col., br.

Plaquette fort rare, contenant les 1843 premiers vers (ms. de la B. N. fr. 2495).

228. Fragments uniques d'un roman du xiiie siècle sur la reine Sebile, restitués, complétés et annotés, d'après le ms. original, par A. Scheler. *Bruxelles, impr. de F. Hayez*, 1875, 20 pag. in-8, br.

229. Mittheilungen aus altfranzosischen Handschriften von A. Tobler. 1. Aus der Chanson de geste von Auberi, nach einer Vaticanischen Handschrift. *Leipzig*, 1870, pet. in-8, br.

230. Le Roman de Foulque de Candie, par Herbert Leduc, de Dammartin (publié par P. Tarbé). *Reims*, 1860, in-8, demi-rel.

231. L'Entrée en Espagne, chanson de geste inédite, renfermée dans un ms. de la Bibl. de Saint-Marc, à Venise; notice, analyse et extraits, par Léon Gautier. *Paris, Techener*, 1858, in-8, br.

232. Anséis de Carthage, ou l'invasion des Sarrazins en Espagne et en France, poëme inédit en vers français du XIIIe siècle, par Pierre du Rier, comparé avec les histoires véritables. Premier article (par Le Roux de Lincy), s. d. (1837), in-8 de 19 pag., br.

233. Altfranzösische gedichte aus Venezianischen Handschriften, herausgegeben von A. Mussafia. 1. La Prise de Pampelune. 2. Macaire. *Wien*, 1864, 2 tom. en 1 vol., in-8, demi-rel.

234. La Mort du roi Gormond, fragment unique d'une chanson de geste inconnue, conservé à la bibl. roy. de Belgique, réédité littéralement sur l'original et annoté par A. Scheler. *Bruxelles, Olivier*, 1876, in-8, br.

235. Li Romans d'Alixandre, par Lambert li Tors et Alexandre de Bernay. Nach Handschriften der Königlichen Büchersammlung zu Paris, herausgegeben von H. Michelant. *Stuttgard*, 1846, in-8, demi-rel.

Rare.

236. Alexandriade ou Chanson de geste d'Alexandre-le-Grand, épopée romane du XIIe siècle, de Lambert le Court et Alexandre de Bernay, publiée pour la première fois en France, avec introduction, notes et glossaire, par F. Le Court de la Villethassetz et E. Talbot. *Dinan, Huart*, 1861, in-12, br.

237. Essai sur la légende d'Alexandre-le-Grand dans les romans français du XIIe siècle, par E. Talbot. *Paris, Franck*, 1850, in-8, demi-rel.

238. La légende d'Œdipe, étudiée dans l'antiquité, au moyen âge et dans les temps modernes, en particulier dans le Roman de Thèbes, texte français du XIIe siècle, par L. Constans. *Paris, Maisonneuve*, 1880, in-8, br.

### *b. — Chroniques rimées. — Poésies historiques*

239. Notice sur la vie et les écrits de Robert Wace, poëte normand du XIIe siècle, suivie de citations extraites de ses ouvrages, par Fréd. Pluquet. *Rouen, J. Frère*, 1824, gr. in-8, demi-rel. (Capé).

240. Le Roman de Rou et des ducs de Normandie, par Robert Wace, poète normand du XIIe siècle, publié pour la première fois, d'après les mss. de France et d'Angleterre, par Fr. Pluquet. *Rouen, Ed. Frère*, 1827, 2 vol. in-8, demi-rel., dos en mar. rouge, tête dor.

Rare.

241. Le Roman de Rou et des ducs de Normandie, par Robert Wace, poète normand du XIIe siècle, publié pour la première fois d'après les mss de France et d'Angleterre, par Fr. Pluquet. *Rouen, Ed. Frère*, 1827, 2 vol. in-8, demi-rel., dos et coins en mar. br., tête dor.

Rare.

242. Maistre Wace's Roman de Rou et des ducs de Normandie, nach den Handschriften von Neuem herausgegeben von Dr Hugo Andresen. *Heilbronn, Henninger. Paris, Vieweg*, 1877-1879, 2 vol. in-12, br.

243. Observations philologiques et grammaticales sur le Roman de Rou et sur quelques pièces de la langue des trouvères au XIIe siècle, par M. Raynouard. *Rouen. Ed. Frère*, 1829, in-8, br.

Epuisé et recherché.

244. Chronique ascendante des ducs de Normandie, par maître Wace, publiée pour la première fois, avec quelques notes, pour servir à l'intelligence du texte, par M. Pluquet. S l. n. d., (1825), in-8, br. (Extrait des Mémoires de la Société des Antiquaires.)

Suivant M. G. Paris, le vrai début du Roman de Rou, ce sont les 315 vers alexandrins détachés jusqu'ici du poème, sous le nom de « Chronique ascendante ». Dans une brochure publiée en 1880, (Untersuchung über die Chronik ascendante und ihren Verfasser, Marburg, in-8), M. H. Hormel expose l'opinion que la chronique ascendante ne serait ni le prologue ni l'épilogue du Roman de Rou, mais un ouvrage à part, que Wace aurait composé plusieurs années après celui-là.

245. De Roberti Wacii Carmine, quod inscribitur Brutus. Dissertation, par Levinus Abrahams. *Hafniæ*, 1828, pet. in-8, demi-rel.

Spécimen d'une édition projetée du Roman de Brut.

246. La Vie de la vierge Marie, de maître Wace, publiée d'après un ms. inconnu aux premiers éditeurs, suivie de la Vie de saint George, poème inédit du même trouvère, par V. Luzarche. *Tours, J. Bouserez*, 1859, in-12, br.

Tiré à petit nombre.

247. Maistre Wace's St. Nicholas, ein altfranzösisches Gedicht des XII. jahrhunderts, aus Oxforder Handschriften, herausg. von Nic. Delius. *Bonn. H.-B. Kœnig*. 1850, in-8, br.

248. Le Roman de Brut, par Wace, poète du XIIe siècle, publié pour la première fois d'après les mss. des bibliothèques de Paris, avec un commentaire et des notes, par Le Roux de Lincy. *Rouen. Ed. Frère*, 1836-1838, 2 vol. in-8, br.

249. La vie de Sainte-Marguerite, poème inédit de Wace, précédé de l'histoire de ses transformations et suivi de divers textes inédits et autres, et de l'analyse détaillée du mystère de Sainte-Marguerite, par A. Joly. *Paris, Vieweg*, 1879, in-8, br.

250. The Conquest of England, from Wace's poem of the Roman de Rou, now first translated into english rhyme by sir A. Malet, with the franco-norman text after Pluquet, and the notes of A. Le Prevost, E. Taylor, and others; illustrated by photographs from the tapestry of Bayeux. *London. Bell and Daldy*, 1860, in-4, demi-rel., tête dor.

251. The Roll of arms of the princes, barons, knights vho attended king Edward I to the siege of Caerlaverock, in 1300; edited by Th. Wright. *London, J. Camden Hotten*, 1864, gr. in-4, planches coloriées.

Rare.

252. Le Pas d'armes de la Bergère, maintenu au tournoi de Tarascon, publié d'après le ms. de la Bibliothèque du roi, avec un précis de la chevalerie et des tournois, par G.-A. Crapelet. *Paris. Crapelet*, 1828, gr. in-8, frontispice en couleurs, cart.

Tiré à petit nombre et très rare.
Relation du tournoi de Tarascon qui eut lieu en présence du roi René (1449).

253. Le Pas d'armes de la Bergère, maintenu au tournoi de Tarascon, publié d'après le manuscrit de la Bibliothèque du roi, avec un précis de la chevalerie et des tournois, par G.-A. Crapelet. Seconde édition. *Paris, Crapelet*, 1835, gr. in-8, demi-rel., dos et coins en mar., tête dor.

254. Le Combat de trente Bretons contre trente Anglois, publié d'après le ms. de la Bibliothèque du Roi, par G.-A. Crapelet. *Paris. Crapelet*, 1827, gr. in-8, cart.

255. Le Combat de trente Bretons contre trente Anglois, publiée d'après le ms. de la Bibliothèque du Roi, par G.-A. Crapelet. Seconde édition. *Paris, Crapelet*, 1835, gr. in-8, demi-rel., dos et coins en mar., tête dor.

256. Le Combat des Trente, poème du XIV^e siècle, transcrit sur le manuscrit original conservé à la Bibliothèque du Roi, et accompagné de notes historiques, par M. le chevalier de Freminville. *Brest, Lefournier*, 1819, in-8, br.

257. Anglo-norman poem on the conquest of Ireland by Henry the second, from a manuscript preserved in the Archiepiscopal Library, edited by Francisque Michel. *London, W. Pickering*. 1837. in-16, demi-rel.

258. Anglo-norman poem on the conquest of Ireland by Henry the second, from a manuscript preserved in the Archiepiscopal Library, edited by Francisque Michel. *London, W. Pickering*, 1837. in-16, toile verte.

259. Anglo-norman poem on the conquest of Ireland by Henry second, from a manuscript preserved in the Archiepiscopal Library, edited by Francisque Michel. *London, W. Pickering*, 1837, in-16, toile brune.

260. La Complainte et le jeu de Pierre de la Broce, chambellan de Philippe-le-Hardi, qui fut pendu le 30 juin 1278; publiés pour la première fois par A. Jubinal, d'après le ms. unique de la Bibl. du roi. *Paris, Techener*, 1835, in-8, br.

Tiré à petit nombre.

261. La Complainte et le jeu de Pierre de la Broce, chambellan de Philippe-le-Hardi, qui fut pendu le 30 juin 1278; publiés pour la première fois par A. Jubinal, d'après le ms. unique de la Bibl. du roi. *Paris, Techener*, 1835, in-8, br.

262. Der Munchener Brut. Gottfried von Monmouth in Französischen versen des XII^e Jahrhunderts aus der einzigen Münchener Handschrift, zum ersten Mal herausgegeben von K. Hofmann und K. Vollmöller. *Halle, Max, Niemeyer*, 1877, in-8, br.

263. Le Regret Guillaume, comte de Hainaut, poème inédit du XIV^e siècle, par Jehan de le Mote, publié, d'après le ms. unique de lord Ashburnham, par A. Scheler. *Louvain, Lefever*, 1882, gr. in-8. br.

264. Sièges d'Orléans et autres villes de l'orléanais, chronique métrique relative à Jeanne d'Arc, par Martial de Paris, dit d'Auvergne, (xve siècle). *Orléans, Herluison*, 1866, in-32, br.

265. La Mort du roi Sweyne, en vers du xive siècle, publiée, pour la première fois, d'après le ms. de la bibl. d'Avranches, par l'éditeur du Roman de Robert le Diable. *Caen, F. Poisson*, 1846, pet. in-16, br.

Tiré à 120 exemplaires. Rare.

266. La Guerre de Metz en 1324, poème du xive siècle, publié par E. de Bouteiller, suivi d'études critiques sur le texte, par F. Bonnardot, et précédé d'une préface par L. Gautier. *Paris, Didot*, 1875, in-8, br.

267. Le Songe e la thoison d'or, fait et composé par Michault Taillevent. Imprimé nouvellement à Paris, 1841, in-16, caract. goth., br.

De la collection de Poésies, romans, etc., publiée par Silvestre. (Impr. de Crapelet).

268. L'Ordene de chevalerie, avec une dissertation sur l'origine de la langue françoise, un essai sur les étimologies, quelques contes anciens et un glossaire pour en faciliter l'intelligence, (publ. par *Barbazan*), à *Lauzanne*, et se trouve à *Paris*, chez *Chaubert*, 1759, in-12, rel.

Contient le détail fort circonstancié des cérémonies qui s'observaient, dans le xiie siècle, à la réception des chevaliers.

269. Branche des royaux lignages, chronique métrique de Guillaume Guiart, publiée pour la première fois, d'après les mss. de la bibl. du Roi, par J. A. Buchon. *Paris, Verdière*, 1828, 2 vol. in-8, demi-rel.

Epuisé.

270. Notice sur Guillaume Guiart, par Natalis de Wailly, lue à l'Académie des Inscript., le 15 mai 1846, 16 pag., br.

271. Le Triumphe des Carmes, 1311, poème du xive siècle, publié, avec des notes et des éclaircissements, par A. Leroy et A. Dinaux. *Valenciennes, Prignet*, in-8, br.

272. Chronique rimée des troubles de Flandre à la fin du xive siècle, suivie de documents inédits relatifs à ces troubles, publiée d'après un ms. de la bibl. de M. Ducas, à Lille, par Edw. Le Glay. *Lille, J. Ducrocq*, 1842. in-8, demi-rel.

273. La Prise d'Alexandrie ou Chronique du roi Pierre Ier de Lusignan, par Guillaume de Machaut, publiée pour la première fois, pour la Société de l'Orient latin, par M. L. de Mas Latrie. *Genève*, 1877, gr. in-8, br.

274. Le Livre du Voir-Dit, de Guillaume de Machaut, où sont contées les amours de messire Guillaume de Machaut et de Péronnelle dame d'Armentières, avec les lettres et les réponses, les ballades, lais et rondeaux dudit Guillaume et de ladite Péronnelle, publié sur trois mss. du xive siècle, par la société des bibliophiles françois. *Paris*, 1875, in-8, br., pap. vergé.

275. Le Pas Salhadin, pièce historique en vers relative aux croisades, publiée pour la première fois, d'après le mss. de la bibl. du roi, par G.-S. Trébutien. *Paris, Silvestre*, 1836, in-8, br.

276. Le Vœu du héron, poème publié d'après un ms. de la bibl. de Bourgogne, avec les variantes d'un autre ms. de la même Bibl. et celles du texte donné par La Curne de Sainte-Palaye. *Mons, Hoyois*, 1839, in-8, br.

Publication de la Société des bibliophiles de Mons, tirée à 100 exemplaires pour le commerce.

277. Benoît de Sainte-More et le roman de Troie ou les métamorphoses d'Homère et de l'épopée gréco-latine du moyen âge, par A. Joly. *Paris, Franck*, 1870-1871, 2 vol. in-4, demi-rel., tête dor.

Epuisé.

278. Essai sur li Romans d'Eneas, d'après les mss. de la Bibl. impér., par A. Pey. *Paris, Didot*, 1856, in-8 de 64 pag., br.

279. Chronique de Bertrand du Guesclin, par Cuvelier, trouvère du xiv^e siècle, publiée pour la première fois par E. Charrière. *Paris, Didot*, 1839, 2 vol, in-4, demi-rel.

280. Chronique métrique de Jordan Fantosme sur la guerre qui eut lieu entre Henri II, roi d'Angleterre, et le roi d'Ecosse, en 1173 et 1174 (analyse et extrait), par L.-J.-N. Monmerqué. *Poitiers, Saurin*, s. d. (1839), in-8 de 19 pag., br.

Rare.

281. Analyse du Roman de Hem, du trouvère Sarrasin, par Peigné-Delacourt. *Arras, Brissy*, 1854, in-8 de 48 pag., br.

Ce roman, qui est le récit d'une fête complète, tournoi, danses, banquets, etc., est de la fin du xiii^e siècle.

282. Le Prince noir, poème du héraut d'armes Chandos, texte critique suivi de notes par Francisque Michel. *London* et *Paris, J.-G. Fotheringham*, 1883, in-4. perc. br., non c., tête dor.

283. Le Roman du Mont-Saint-Michel, par Guillaume de Saint-Pair, poète anglo-normand du xii^e siècle, publié, pour la première fois, par Francisque Michel, avec une étude sur l'auteur, par E. de Beaurepaire. *Caen, Hardel*, 1856, in-12, br.

284. Hugues de Lincoln. Recueil de ballades anglo-normande et écossoises relatives au meurtre de cet enfant, commis par les Juifs en MCCLV, publié, avec une introduction et des notes, par Francisque Michel. *Paris, Silvestre*, 1834, in-8, br.

Tiré à 200 exemplaires et épuisé.

285. Chronique rimée de Philippe Mouskes, publiée par le baron de Reiffenberg. *Bruxelles, Hayez*, 1836-1838, 2 vol. in-4, demi-rel. Avec le supplément daté de 1845.

### *c. — Légendes. — Vies de Saints. — Poésies religieuses.*

286. Les Voyages merveilleux de Saint-Brandan à la recherche du paradis terrestre, légende en vers du xii^e siècle, publiée, d'après le manuscrit du Musée Britannique, par Francisque Michel. *Paris, Claudin*, 1878, in-12, br.

Version anglo-normande du ms. Cotton. Vesp. B. X.

287. La Légende latine de S. Brandaines, avec une traduction inédite en prose et en poésie romanes, publiée par A. Jubinal, d'après les mss. de la Bibl. du roi, remontant aux xi$^{e}$, xii$^{e}$ et xiii$^{e}$ siècles. *Paris, Techner*, 1836, in-8, br.

Devenu rare.

288. La Vie de saint Alexis, poème du xi$^{e}$ siècle, et renouvellements des xii$^{e}$, xiii$^{e}$ et xiv$^{e}$ siècles, publiés avec préfaces, variantes, notes et glossaire, par Gaston Paris et Léopold Pannier. *Paris, Franck*, 1872, gr. in-8, d.-rel., tête dor.

Epuisé. Très rare.

289. La Vie de saint Alexis, poème du xi$^{e}$ siècle, texte critique par Gaston Paris. *Paris, Vieweg*, 1885, in-8, br.

290. La Cančun de saint Alexis, und einige kleinere Altfranzösische gedichte des 11 und 12 Jahrhunderts. Herausgegeben von E. Stengel. *Marburg*, 1882, in-8, d.-rel.

M. St. a reproduit diplomatiquement le poème du xi$^{e}$ siècle, d'après le ms. de Hidelsheim.

291. De saint Alexis. Eine Altfranzösische Alexiuslegende aus dem 13.Jahrhundert, herausgegeben von J. Herz. *Frankfurt am Main*, 1879, in-4, br.

Autre Vie de saint Alexis. Excellent texte du xiii$^{e}$ siècle.

292. Les Miracles de la sainte Vierge, traduits et mis en vers par Gautier de Coincy, publiés par M. l'abbé Poquet, avec une introduction, des notes explicatives et un glossaire, accompagnés de nombreuses miniatures et d'un très curieux frontispice. *Paris, Parmantier*, 1857, in-4, tr. d.

Très rare.

293. Le Miracle de Théophile, mis en vers, au commencement du xiii$^{e}$ siècle, par Gautier de Coinsy; publié pour la première fois, d'après un vieux ms. de la Bibl. de Rennes, par D. Maillet. *Rennes, Molliex*, 1838, in-8, d.-rel.

294. La Vie saint Thomas le martir (par Garnier de Pont-Sainte-Maxence), aus der Handschrift des Brittischen Museums (cod. Harl. 270) ergânzt von Jmm. Bekker, in-4, de 37 pages, br.

Tirage à part.

295. La Vie et la mort de saint Thomas de Cantorbéry, par Garnier de Pont-Sainte-Maxence (publ. par Le Roux de Lincy). *Paris, Didot*, 1843, gr. in-8 de 34 p., br.

Notice d'après le ms. de la B. N. fr. 2636, du Suppl, franç.

296. La Vie de saint Thomas le martyr, archevêque de Canterbury, par Garnier de Pont-Sainte-Maxence, poète du xii$^{e}$ siècle, publiée et précédée d'une introduction, par C. Hippeau. *Paris, Aubry*, 1859, in-12, br., pap. vergé.

Edition du ms. de la B. N. fr., 2636 du Suppl. franç., et non 6236, comme le dit par mégarde l'éditeur.
Epuisé.

297. La Vie saint Thomas le martir, poème historique du xii$^{e}$ siècle, composé par Garnier de Pont-Sainte-Maxence. Etude historique, littéraire et philologique, par E. Etienne. *Paris, Vieweg*, 1883, gr. in-8, br.

298. Leben des h. Thomas von Canterbury, Altfranzözisch (par Garnier de Pont-Sainte-Maxence), heransgegeben von Jmm. Bekker. *Berlin*, 1838, in-8, d.-rel., dos et c. en mar. Tête dor.

Édition du ms. de Wolfenbüttel.

299. Un Sermon en vers, publié pour la première fois par A. Jubinal, d'après le ms. de la Bibliothèque du roi. *Paris*, *Techener*, 1834, in-8, d.-rel.

Texte du XIIIe siècle, dont il a été donné une édition critique complète (Biblioteca Normannica, 1 (1879), p. 2-67).

300. Le Sermon de Guichard de Beaulieu (XIIIe siècle), publié pour la première fois, d'après le manuscrit unique de la Bibl. du roi (par A. Jubinal). *Paris*, *Techener*, 1834, in-8, br.

Tiré à 125 exempl. numérotés.

301. Sermon du XIIIe siècle, tiré d'un ms. de la bibl. de Rouen, inscrit sous le n° A 541, par C. Hippeau. *Paris*, *Champion*, 1877, in-8, br.

302. Le Livre des miracles de Notre-Dame de Chartres, écrit en vers, au XIIIe siècle, par Jehan Le Marchant, publié pour la première fois, d'après un ms. de la Bibliothèque de Chartres ; avec une préface, un glossaire et des notes, par M. G. Duplessis. *Chartres*, *Garnier*, 1855, in-8, br., deux planches en chromo-lithographie.

Rare.

303. Une Amulette. Légende en vers de sainte Marguerite, tirée d'un ancien manuscrit (par le baron L. de Herkenrode). *Bruxelles*, *Heberlé*, 1851.

Rare. L'un des 10 exempl. sur papier de couleur.

304. Deux Rédactions diverses de la légende de sainte Marguerite, en vers français, publiées avec variantes, d'aprè des mss. du XIIIe et du XIVe siècle, par A. Scheler. *Anvers*, *J. Plasky*, 1877, in-8, br.

Ces deux versions différentes de la « Vie de sainte Marguerite » sont ici publiées, l'une d'après le ms. unique de la B. N. fr. 19525; l'autre, d'après les éditions de MM. L. de Herkenrode et Ignace de Coussemaker, collationnées avec les mss. de la B. N., fr. 1555, 1809 et 2162.

305. Vie de seint Auban : A Poem in Norman-French, ascribed to Matthew Paris : now for the first time edited, from a manuscript in the library of Trinity College, Dublin, with concordance-glossary, and notes, by R. Atkinson. *London*, *J. Murray*, 1876, in-4, couv. en toile.

On s'accorde à reconnaître que Mathieu Paris a écrit la partie du ms. de Dublin qui contient la vie de saint Alban ; il ne s'en suit pas, cependant, qu'il ait *composé* le poème, quoique le fait n'ait rien d'invraisemblable. Le texte appartient au dialecte anglo-normand.

306. Ueber die Matthaeus Paris zugeschriebebe vie de seint Auban, von H. Suchier. *Halle*, *Max Niemeyer*, 1876, in-8, br.

307. Vie de monseigneur saint Martin de Tours, par Péan Gatineau, poète du XIIIe siècle, publiée d'après un ms. de la Bibl. impér. par M. l'abbé J.-J. Bourassé. *Tours*, *Mame*, 1860, gr. in-8, d.-rel., dos et coins en mar. br., tête dor.

L'un des 60 exemplaires sur pap. chamois.

308. La Passion du Christ, poème écrit en dialecte franco-vénitien du XIVe siècle, par M. Boucherie. (Extrait de la Revue des langues romanes.) *Montpellier, Gras*, 1870, in-8, br.

309. Passion de N.-S. Jésus-Christ et Passion de S. Léger, en langue romane et en vers, publiées d'après un ms. du Xe siècle, appartenant à la bibl. de Clermont-Ferrand, par J.-J. Champollion-Figeac. *Paris, Didot*, 1849, in-4, br.

310. Zwei Altromanische gedichte, berichtigt und erklärt von Fr. Diez. Seconde édition. *Bonn*, 1876, in-8, 58 p., br.

Contient (p. 8-23) la Passion du Christ et (p. 35 et suiv.) la Passion ou Vie de Saint Léger.

311. La Vie de saint Gilles, par Guillaume de Berneville, poème du XIIe siècle, publié, d'après le ms. unique de Florence, par G. Paris et A. Bos. *Paris, Didot*, 1881, in-8.

Publication de la Société des anciens textes français.

312. Vers sur la mort, par Thibaud de Marly, imprimés sur un ms. de la Bibl. du roi. *Paris, imprimerie de Crapelet*, s. d. (1836), in-8, cart.

313. Vers sur la mort, par Thibaud de Marly, publiés d'après un ms. de la Bibl. du roi. Seconde édition, augmentée du Dit des Trois mors et des Trois vifs, et du Mireuer du monde. *Paris, imprimerie de Crapelet*, 1835, gr. in-8, d.-rel., dos et c. tête dor.

Les Vers sur la mort, attribués à tort par Méon à Thibaud de Marly, ont été composés, avant l'an 1200, par Hélinand, devenu depuis moine de Froidmont, en Beauvaisis.

314. Les Miracles de saint Eloi, poème du XIIIe siècle, publié pour la première fois d'après le ms. de la bibl. bodléienne d'Oxfort et annoté par Peigné-Delacourt. *Paris, Aubry*, s. d., (1859), gr. in-8, cart., 12 pl., un frontispice et 5 petits bois gravés.

315. Le Dit des trois pommes, légende en vers du XIVe siècle, publiée pour la première fois, d'après le ms. de la bibl. du roi, par G.-S. Trébutien. *Paris, Silvestre*, 1837, in-8, br.

316. Vie du pape Grégoire le Grand, légende française publiée pour la première fois par V. Luzarche. *Tours, J. Bouserez*, 1857, in-16, br.

On a ici la plus ancienne forme française de la célèbre légende de S. Grégoire, lequel pourtant ne peut être identifié à aucun des papes de ce nom.

317. Barlaam und Josaphat, französisches gedicht des dreizehnten Jahrhunderts von Gui de Cambrai, herausgegeben von H. Zotenberg und P. Meyer. *Stuttgart*, 1864, in-8, br.

Publication de la Société littéraire de Suttgard.

318. Adgar's Marienlegenden, nach der Londoner Handschrift Egerton 612 zum ersten Mal vollständig herausgegeben von Carl Neuhaus. *Heilbronn, Henninger*, 1886, in-12, br.

319. Le Romant de la vie des peres hermites (un miracle de Notre-Dame.) Sonnet contenant une recette d'alchimie, attribué à Dante et au frère Helyas. Textes édités par F. Castets. *Paris, Maisonneuve*, 1880, in-8, br.

d. — *Romans d'aventures.* — *Romans de la Table ronde.* — *Bestiaires.* — *Fabliaux.* — *Dits.* — *Lais.* — *Poésies morales et didactiques.* — *Satires.* — *Allégories.* — *Fables.*

320. Blancandin et l'Orgueilleuse d'amour, roman d'aventures, publié pour la première fois par H. Michelant. *Paris, Tross,* 1867, in-12, br.

321. Blancandin et l'Orgueilleuse d'amour, roman d'aventures, publié pour la première fois par H. Michelant. *Paris, Tross,* 1867, in-12, br.

322. Flore und Blanceflor, Altfrantzösischer Roman, nach der Uhlandischen Abschrift der Pariser Handschrift N. 6987, herausgegeben von Jmm. Bekker. *Berlin,* 1844, in-16, br.

Poème d'aventures.

323. Autre exemplaire du même ouvrage.

324. Floire et Blanceflor, poèmes du XIIIe siècle, publiés d'après les mss., avec une introduction, des notes et un glossaire, par Ed. Du Méril. *Paris, Jannet,* 1856, in-16, (Bibl. elzevirienne.)

Epuisé et devenu rare. En outre de la version donnée par Jmm. Bekker, on a ici celle du ms. de la B. N., fr. 19,152.

325. Horn et Rimenhild. Recueil de ce qui reste des poèmes relatifs à leurs aventures composés en françois, en anglois et en écossois dans les XIIIe, XIVe, XVe et XVIe siècles, publié d'après les manuscrits de Londres, de Cambridge, d'Oxford et d'Edinburgh, par Francisque Michel. *A Paris, imprimé pour le Bannatyne Club par Maulde et Renou,* 1845, in-4, demi-rel., dos et coins en mar. tête dor.

Tiré à petit nombre.
La Chanson de Horn, par Thomas, du XIIe siècle, est ici donnée d'après le ms. d'Oxford.

326. Das Anglonormannische Lied vom Wackern Ritter Horn. Genauer abdruck der Cambridger, Oxforder und Londoner Handschrift besorgt von R. Brede und E. Stengel. *Marburg,* 1883, in-8, br.

Edition de la Chanson de Horn, d'après les trois mss. de Cambridge, de Londres et d'Oxford.

327. Partonopeus de Blois, publié pour la première fois, d'après le ms. de la Bibl. de l'Arsenal, avec trois *fac-simile,* par G.-A. Crapelet. *Paris, Impr. de Crapelet,* 1834, 2 vol. gr. in-8, cart.

Le texte a été préparé et revu par M. Robert.

328. Partonopeus und Melior, Altfranzösisches gedicht des 13 Jahrhunderts, etc., herausgegeben von J.-F. Massmann. *Berlin,* 1847, in-8, br.

On trouve dans cet ouvrage une partie du texte français, non imprimée dans l'édition de Crapelet.

329. Notice historique et critique du Roman de Partonopex de Bloys, par J.-B.-B. de Roquefort. *Paris, Impr. impér.,* 1811, in-4, br.

330. Über die Handschriften des Altfranzösischen Romans Partonopeus de Blois, von E. Pfeiffer, mit nachschrift und zwei anhängen von E. Stengel. *Marburg*, 1885, in-8, br.

Les vers 7475-8024 contenus dans les deux premiers feuillets du ms. B. N., fr. 792 sont ici mis en regard des vers correspondants des autres manuscrits.

331. Maître Elie's überarbeitung der älteste Französischen übertragung von Ovid's ars amatoria, herausgegeben von H. Khüne und E. Stengel, nebst Elie's de Wincestre, eines anonymus und Everart's übertragungen der Disticha Catonis herausgegeben von E. Stengel. *Marburg*, 1886, in-8, br.

On a ici la traduction la plus ancienne de l'Art d'aimer, d'Ovide. L'œuvre d'Elie, dans le ms. unique qui nous l'a conservée, (Bibl. Nat., fr. 19,152), comprend 1,306 vers. Il a été publié, à la suite, trois traductions, en vers, des Distiques de Denis Caton, l'une par Everart, l'autre par Elie de Wincestre, et la troisième anonyme.

332. L'Art d'amors und li remedes d'amors. Zwei Altfranzosische Lehrgedichte von Jacques d'Amiens. Nach der Dresdener Handschrift zum ersten Male vollständig herausgegeben, von G. Korting. *Leipzig*, *Vogel*, 1868, in-8, br.

Ce volume contient, d'après le ms. de Dresde (0,64) : 1° la traduction de l'Art d'aimer, d'Ovide, par Jacques d'Amiens; 2° un autre petit poème anonyme, que M. K. attribue à tort à Jacques d'Amiens, et qui n'a guère emprunté aux *Remedia amoris*, d'Ovide, que leur titre et un petit nombre d'idées.

333. La Clef d'amour, poème publié, d'après un ms. du XIVe siècle, par Edw. Tross, avec une introduction et des remarques par H. Michelant, *Impr. à Lyon, par L. Perrin*, 1886, pet. in-8, br.

Autre traduction ou plutôt imitation de l'Art d'aimer, d'Ovide.

334. Altfranzoesische uebersetzung der Remedia amoris des Ovid, nach der Dresdener Handschrift herausgegeben von G. Kœrting. *Leipzig*, *Fues*, 1871, in-8, br.

Il s'agit ici du texte fourni par le ms. de Dresde (0,66).

335. Le Roman de Robert le Diable, en vers du XIIIe siècle, publié pour la première fois, d'après les manuscrits de la Bibliothèque du roi, par G.-S. Trébutien. *Paris*, *Silvestre*, 1837, in-4, d.-rel., dos et c. en mar., br., tête dor.

Tiré à 130 exemplaires numérotés.

336. Sensuyt le Romant de Richart filz de Robert le diable qui fut Duc de Normendie. *Paris*, *Silvestre*, 1838, in-16, caract. goth., vign. gravée sur bois, br.

Réimpression, due aux soins de M. Veinant, du seul exemplaire connu d'une édition imprimée à Paris, vers 1495.

337. L'Advocacie Notre-Dame ou la vierge Marie plaidant contre le diable, poème du XIVe siècle, en langue franco-normande, attribué à Jean de Justice, extrait d'un ms. de la bibl. d'Evreux, par A. Chassant. *Paris*, *Aubry*, 1855, in-12, br.

Cette composition semi-dramatique, attribuée, mais sans raison suffisante, à Jean de Justice, chantre et chanoine de Bayeux, fondateur du collège de Justice à Paris, est traduite d'un ouvrage latin du savant jurisconsulte Barthole, professeur de droit à Pise et à Pérouse, mort en 1356.

338. Li Romans de Dolopathos, publié pour la première fois en entier, d'après les deux mss. de la Bibl. impér., par Ch. Brunet et A. de Montaiglon. *Paris, Jannet*, 1856. (Bibl. elzevir.) Rare.

Ce poème, dû à Herbert (première moitié du XIII$^{e}$ siècle), est une traduction du roman latin, *Historia de rege et septem sapientibus*, composé par Jean de Haute-Seille, sur la fin du XII$^{e}$ siècle.

339. Essai sur les fables indiennes et sur leur introduction en Europe, par A. Loiseleur Deslongchamps, suivi du Roman des sept sages de Rome en prose, publiée, pour la première fois, d'après un ms. de la bibl. roy., avec une analyse et des extraits du Dolopathos, par Le Roux de Lincy, pour servir d'introduction aux fables des XII$^{e}$, XIII$^{e}$ et XIV$^{e}$ siècles, publiées par M. Robert. *Paris, Techener*, 1838, in-8, demi-rel.

340. Li Romans des sept sages, nach der Pariser Handschrift herausgegeben von H.-A. Keller. *Tübingen, Fr. Fues*, 1836, in-8, demi-rel. Rare.

Ce poème, que l'éditeur a fait précéder d'une savante introduction, est du XIII$^{e}$ siècle. C'est à tort que Brunet (Manuel, 5$^{e}$ édit., t. V, col. 295) l'indique comme une traduction *assez fidèle* de l'*Historia septem sapientùm*, qui est du XIV$^{e}$ siècle.

341. Roman des sept sages. Analyse et extraits du Dolopathos (par Le Roux de Lincy). Deuxième partie de l'Essai sur les fables indiennes, par Loiseleur Deslonchamps, in-8, br.

341 bis. Notice sur le Roman en vers des sept sages de Rome. *Paris, Techener*. 1839, in-8, br.

Tiré à 65 exemplaires.

342. Le Dit de Droit, pièce en vers du XIII$^{e}$ siècle, publiée, pour la première fois, d après un ms. de la bibl. de Chartres. (Par Gratet-Duplessis). *Chartres, Garnier*. 1834, in-8, br.

Tiré à 48 exemplaires.

343. Le Bestiaire divin de Guillaume, clerc de Normandie, trouvère du XIII$^{e}$ siècle, publié d'après les mss. de la bibl. nat., avec une introduction sur les Bestiaires, Volucraires et Lapidaires du moyen âge, par C. Hippeau. *Caen, Hardel*, 1852, in-8, demi-rel.

Très rare.

344. Le Roman des aventures de Fregus, par Guillaume le clerc, trouvère du XIII$^{e}$ siècle, publié pour la première fois par Francisque Michel. *Edimbourg, imprimé pour le club d'Abbotsford*, 1841, in-4, demi-rel., dos et coins en mar., tête dor.

345. Fergus, roman von Guillaume le clerc, herausgegeben von Ernst Martin. *Hall*. 1872, in-8, br.

346. Octavian, Alfranzösischer roman nach der Oxforder Handschrift Bodl. Hatton 100 zum ersten Mal herausgegeben von K. Vollmöller. *Heilbronn, Henninger*, 1883, in-12, br.

Roman d'aventures.

347. Messire Gauvain ou la vengeance de Raguidel, poème de la Table ronde, par le trouvère Raoul, publié et précédé d'une introduction, par C. Hippeau. *Paris, Aubry*, 1862, pet. in-8, br.

L'un des 50 exempl. sur pap. vergé. Epuisé.

348. Le Bel inconnu ou Giglain fils de messire Gauvain et de la fée aux blanches mains, poème de la Table ronde. par Renauld de Beaujeu, poète du XIII^e siècle, publié d'après le ms. unique de Londres, avec une introduction et un glossaire, par C. Hippeau. *Paris, Aubry*, 1860, pet. in-8, br.

L'un des 50 exempl. sur pap. vergé.

349. L'histoire du Châtelain de Coucy et de la Dame de Fayel, publiée d'après le ms. de la bibl. du roi et mise en françois par G.-A. Crapelet. *Paris, impr. de Crapelet*, 1829, gr. in-8, cart.

350. Le Roman de la Charrette, d'après Gauthier Map et Chrestien de Troies, publié par W.-J.-A. Jonckbloet. *La Haye, Belinfante*, 1850, in-4, cart.

Ce volume contient le roman de la Charrette sous deux formes : la rédaction, en vers, de Chrestien de Troyes et Godefroi de Leigni, et la version en prose qui fait partie du roman de Lancelot du Lac.

351. Chrestien de Troyes. Perceval le Gallois, publié d'après le ms. de Mons, par Ch. Potvin. Tom. 1 (le seul paru). *Mons*, 1865, in-8, br.

Tiré à 200 exempl. pour le commerce.

351 (*bis*). Perceval le Gallois ou le conte du Graal, publié, d'après les mss. originaux, par Ch. Potvin. *Mons*, 1866-1871, 6 vol. in-8, br.

Tiré à 200 exempl. pour le commerce.

352. Cliges von Christian von Troyes, zum ersten Male herausgegeben von W. Foerster. *Hall, Max Niemeyer*, 1884, in-8, br. (Tout ce qui a paru.)

353. Uber einen bisher unbekannten Percheval li Galois. Eine literarhistorische abhandlung von A. Rochat. *Zürich*, 1855, in-8, demi-rel.

354. Li Romans dou chevalier au lyon von Crestien von Troies, herausgegeben von W.-L. Holland. *Hannover*, 1862, in-8, br.

Rare.

355. Le même. Seconde édition. *Hannover*, 1880, in-8, br.

356. Li Romans dou chevalier au leon. Bruchstücke aus einer Vaticanischen Handshrift herausgegeben von A. Keller. *Tübingen*, 1841, in-8, br. — Crestien von Troies. Eine literaturgeschichtliche untersuchung von W.-L. Holland. *Tübingen*, 1854, in-8, br. — De l'ordre des mots dans Crestien de Troyes. Dissertation de Docteur, par J. Le Coultre. *Dresde*, 1875, in-8, br. Ensemble : 3 vol.

357. Bibliographie de Chrestien de Troyes, comparaison des manuscrits de Perceval le Gallois, par Ch. Potvin. *Bruxelles, C. Muquardt*, 1863, in-8, br.

Rare.

358. Amadas et Ydoine, poème d'aventures, publié pour la première fois et précédé d'une introduction, par C. Hippeau. *Paris, Aubry*, 1863, pet. in-8, br.

L'un des 50 exempl. sur pap. vergé.

359. Guillaume de Palerne, publié, d'après le manuscrit de la bibl. de l'Arsenal à Paris, par H. Michelant. *Paris, Didot*, 1876, in-8.

Poème d'aventures. Publication de la Société des anciens textes français.

360. Brun de la Montaigne, roman d'aventure, publié, pour la première fois, d'après le ms. unique de Paris, par P. Meyer. *Paris, Didot*, 1875, in-8.

Publication de la Société des anciens textes français,

361. Messire Thibaut, li romanz de la poire. Erotisch-allegorisches gedicht aus dem XIII. Jahrhundert, nach den Handschriften der Bibl. nat. Zu Paris, zum ersten male herausgegeben von Fr. Stehlich. *Halle, Max Niemeyer*, 1881, in-8, br.

362. Roman de la Violette, ou de Gérard de Nevers, en vers, du XIII^e siècle, par Gibert de Montreuil ; publié, pour la première fois, d'après deux mss. de la Bibl. royale, par Francisque Michel. *Paris, Silvestre*, 1834, in-8, demi-rel., dos et coins en mar., tr. dor.

Tiré à 200 exempl. numérotés.

363. Roman du comte de Poitiers, publié pour la première fois, d'après le ms. unique de l'Arsenal, par Francisque Michel. *Paris, Silvestre*, 1831, in-8, br.

Tiré à 125 exempl. numérotés.

364. Li Romans de Durmart le Galois, Altfranzösisches Rittergedicht zum ersten Mal herausgegeben von E. Stengel. *Tübingen*, 1873, in-8, br.

165. Roman d'Eustache le moine, pirate fameux du XIII^e siècle, publié pour la première fois, d'après un ms. de la Bibl. royale, par Francisque Michel. *Paris, Silvestre*, 1834, in-8, demi-rel.

366. Li Chevaliers as deus espees, Altfranzösischer abenteuerroman zum ersten Mal herausgegeben von W. Foerster. *Halle, Max Niemeyer*, 1877, gr. in-8, br.

367. Floriant et Florete, a metrical romance of the fourteenth century, edited from a unique ms. at Newbattle Abbey, by Francisque Michel. Printed for the Roxburghe Club. *Edinburgh, Clark*, 1873, in-4, demi-rel., tête dor.

Rare.

368. Un Dit d'aventures, pièce burlesque et satirique du XIII^e siècle, publiée pour la première fois, d'après le ms. de la Bibl. roy., par G.-S. Trébutien. *Paris, Silvestre*, 1835, in-8, br., en caract. goth.

369. Le Lai de l'Oiselet, poème français du XIII^e siècle, publié d'après les cinq manuscrits de la Bibl. nat. et accompagné d'une introduction par Gaston Paris. *Paris, G. Chamerot*, 1884, pet. in-8, br.

Non mis dans le commerce.

370. Philippe de Remi, sire de Beaumanoir, jurisconsulte et poète national du Beauvaisis, 1246-1296, par H.-L. Bordier. *Paris, Techener*, 1869-1873, 2 vol. in-8, br.

Cet ouvrage, extrait de deux fascicules, l'un de 1868, l'autre de 1872, des Mémoires de la Société académique du département de l'Oise, a été augmenté d'un appendice de 100 pages, daté du 25 octobre 1873.

371. Œuvres poétiques de Philippe de Remi, sire de Beaumanoir, publiées par H. Suchier. *Paris, Didot*, 1884-1885, 2 vol. in-8.

Publication de la Société des anciens textes français.

372. Marie de Compiègne, d'après l'Evangile aux femmes, texte publié pour la première fois dans son intégrité, d'après les quatre manuscrits connus des XIIIe et XIVe siècles, par M. Constans. *Paris, Franck*, 1876, in-8, br.

L'Evangile aux femmes est une satire anonyme contre les femmes, souvent remaniée, et qui se présente en des états très différents, selon les manuscrits.

373. Des XXIII manières de Vilains (XIIIe siècle), publ. par Francisque Michel. *Paris, Silvestre*, 1833, in-8, 15 p. br.

Tiré à 100 exemplaires. Epuisé.

374. Des XXIII manières de Vilains (XIIIe siècle), publ. par Francisque Michel. *Paris, Silvestre*, 1833, in-8, 15 pag., br.

Tiré à 100 exemplaires. Epuisé.

375. Des XXIII manières de Vilains, pièce du XIIIe siècle, accompagnée d'une traduction en regard, par A. Jubinal; suivie d'un commentaire par E. Johanneau. *Paris, Silvestre*, 1834, in-8, cart.

Tiré à 200 exemplaires.

376. Li Fablel dou dieu d'amours, extrait d'un ms. de la Bibl. roy., publié pour la première fois par A. Jubinal. *Paris, Techener*, 1834, in-8, br.

L'un des 5 exemplaires sur pap. de couleur.

377. Li Fablel dou dieu d'amours, extrait d'un ms. de la Bibl, roy., publié pour la première fois par A. Jubinal. *Paris, Techener*, 1834, in-8, br.

Tiré à 100 exemplaires.

378. Le Dit de la Panthère d'amours, par Nicole de Margival, poème du XIIIe siècle, publié, d'après les mss. de Paris et de Saint-Pétersbourg, par H.-A. Todd. *Paris, Didot*, 1883, in-8, cart.

Publication de la Société des anciens textes français.

379. Prière Théophile, Dit du XVe siècle, publié pour la première fois d'après un manuscrit. (Par F. Herbet). *Châteauroux, A. Nuret*. 1872, in-8, br.

Tiré à 52 exemplaires.

380. Le Dit de ménage, pièce en vers du XIVe siècle, publiée pour la première fois, d'après le ms. unique de la Bibl. roy., par G.-S. Trébutien. *Paris, Silvestre*, 1835, in-8, br.

381. Complainte et Enseignements de François Garin. *Paris, impr. de Crapelet*, 1832, pet. in-4, br., caract. goth.

Tiré à 100 exemplaires numérotés et épuisé. Réimpression figurée de l'édition de 1495, mais avec l'addition de deux vers qui y manquaient et l'indication des principales variantes de l'édition sans date.

382. Le Livre de Mathéolus, poème français du XIVe siècle, par Jean Lefèvre; nouvelle édition, revue sur les mss. et les éditions gothiques. (Publ. par Ed. Tricotel). *Bruxelles, Mertens*, 1846-1864, 2 vol. pet. in-12, br.

383. Le Rebours de Mathéolus. (A la fin :) *Cy finist le resolu en mariage nouvellement imprimé à Paris, par Michel Lenoir...* l'an 1518.

Réimpression *fac-simile*, exécutée par Jouy à Paris, vers 1840, pet. in-8, demi-rel.

384. Mathéolus et son traducteur Jehan Lefèvre, par Fr. Morand. *Boulogne-sur-Mer, Ch. Aigre*, 1851, in-8, br.

Rare.

385. La Vieille ou les dernières amours d'Ovide, poème français du XIVe siècle, traduit du latin de Richard de Fournival par Jean Lefèvre, publié pour la première fois et précédé de recherches sur l'auteur du Vetula, par H. Cocheris. *Paris, Aubry*, 1861, pet. in-8, perc.

Epuisé et peu commun.

386. La Dance *(sic)* aux aveugles et autres poésies, extraictes de la bibl. des ducs de Bourgogne (et publiées par Lambert Douxfils). *Lille, Panckoucke*, 1748, pet. in-8, br.

Outre la Dance aux aveugles, de Pierre Michault, on trouve dans ce recueil : Deux complaintes du même auteur sur la mort de la comtesse de Charolais, Isabelle de Bourbon, deuxième femme de Charles-le-Téméraire ; le Testament de Pierre de Nesson, et, entre autres pièces anonymes, la Confession de la belle fille, le Débat de l'homme mondain et du religieux.

387. Le Pas de la mort, poème inédit de Pierre Michault, suivi d'une traduction flamande de Colyn Coellin, publié avec une introduction par J. Petit. *Bruxelles, Olivier*, 1869, gr. in-8, cart.

Publication de la Société des bibliophiles de Belgique.

388. Le Livre Caumont, où sont contenus les dits et enseignements du seigneur de Caumont, composé pour ses enfants l'an mil quatre cent XVI. *Paris, Techener*, 1845, gr. in-8, br.

Tiré à 100 exemplaires.

389. Les Fortunes et adversitez de feu noble homme Jehan Regnier, réimpression textuelle de l'édition originale, augmentée d'une notice bibliographique, par Paul Lacroix. *Genève, J. Gay*, 1867, in-8, br.

Tiré à 100 exemplaires numérotés.

390. Le Roman de la Rose, par Guillaume de Lorris et Jean de Meun dit Clopinel, accompagné de plusieurs autres ouvrages, d'une préface historique, de notes et d'un glossaire, (par Lenglet du Fresnoy). *Paris, Ve Pissot*, 1735, 3 vol. in-12. — Supplément et glossaire du Roman de la Rose, (par J.-B. Lantin de Damery). *Dijon J. Sirot*, 1737, in-12. Ensemble : 4 vol. in-12, demi-rel.

391. Le Roman de la Rose, par Guillaume de Lorris et Jean de Meung, édition accompagnée d'une traduction en vers, précédée d'une introduction, notices historiques et critiques, suivie de notes et d'un glossaire, par Pierre Marteau (Jules Croissandeau). *Orléans, Herluison*, 1878-1880, 5 vol. in-16, cart.

392. Le Roman de la Rose, par Guillaume de Lorris et Jean de Meung, nouvelle édition, revue et corrigée par Francisque Michel. *Paris, Didot*, 1864, 2 vol. in-12, br.

393. Li Romanz de la Rose, première partie, par Guillaume de Lorris, par O. Puschel. *Berlin*, 1872, in-4, de 44 pag., br.

Édition des 834 premiers vers du Roman de la Rose.

394. Le Dit des rues de Paris (1300), par Guillot (de Paris), avec préface, notes et glossaire, par E. Mareuse, suivi d'un plan de Paris sous Philippe-le-Bel. *Paris, librairie générale*, 1875, in-16, br.

395. La Fontaine des amoureux de science, composée par Jehan de de La Fontaine de Valenciennes, poème hermétique du xv^e siècle, publié par A. Genty. *Paris, Poulet-Malassis et de Brosse*, 1861, in-8, br.

396. De la Transformation métallique, trois anciens traictez en rithme Françoise. Asçavoir, La Fontaine des amoureux de science : Autheur, J. de la Fontaine. Les Remonstrances de nature à Lalchymiste errant, etc. *Paris, Guillaume Guillard et Amaury Warancore*, 1561, pet. in-8, reliure pleine, tr. dor.

397. Fables inédites des xii^e, xiii^e et xiv^e siècles, et Fables de La Fontaine, rapprochées de celles de tous les auteurs qui avoient, avant lui, traité les mêmes sujets, précédées d'une notice sur les fabulistes, par A.-C.-M. Robert. *Paris, Et. Cabin*, 1825, 2 vol. in-8, demi-rel. (Koehler).

Portr., 90 grav. en taille douce et 4 *fac-simile*. Rare.

398. Fables en vers du xii^e siècle, publiées pour la première fois, d'après un manuscrit de la Bibliothèque de Chartres (par Gratet-Duplessis). *Chartres, Garnier*, in-8, dem. rel.

Traduction française des fables latines d'Alexandre Neckam. Une autre traduction des mêmes fables a été publiée par M. Robert.

399. Lyoner Yzopet, altfranzösische ubersetzung des xiii. Jahrhunderts in der mundart der Franche-Comté, mit dem kritischen text des lateinischen originals (Sog. Anonymus Neveleti), zum ersten mal herausgegeben von W. Foerster. *Heilbronn, Henninger*, 1882, in-16, br.

La traduction, en vers français, des fables latines de l'Anonyme de Nivelet que donne ici M. F. est d'un siècle plus ancienne que celle qui a été publiée par M. Robert.

400. La Chasse du cerf, en rime françoise, *Paris, Techener*, 1840, pet. in-8, br.

Tiré à 50 exemplaires. Rare.

401. Lai d'Ignaurès, en vers, du xii^e siècle, par Renaut, suivi des lais de Melion et du Trot, en vers, du xiii^e siècle, publiés pour la première fois, d'après deux mss. uniques, par L.-J.-N. Monmerqué et Francisque Michel. *Paris, Silvestre*, 1832, in-8, br.

Tiré à 150 exemplaires numérotés.

402. Le Tornoiement de l'Antechrist, par Huon de Mery (sur Seine), (publié par P. Tarbé). *Reims*, 1851, in-8, br.

403. Le Castoiement, ou Instruction du père à son fils, ouvrage moral en vers, composé dans le xiii^e siècle, suivi de quelques pièces historiques et morales, aussi en vers et du même siècle, etc. (publ. par Barbazan). *A Lauzanne*, et se trouve à *Paris, chez Chaubert*, 1760, in-12, rel.

404. Poésies de Marie de France, poète anglo-normand du xiiie siècle, ou Recueil de lais, fables et autres productions de cette femme célèbre, publiées par B. de Roquefort. *Paris, Chassériau*, 1820, 2 vol. in-8, rel. avec gravures.

405. Die lais der Marie de France, herausgegeben von K. Warnke, mit vergleichenden Anmerkungen von R. Köhler. *Halle, Max Niemeyer*, 1885, in-8, br.

406. Li Cumpoz Philipe de Thaün. Der computus des Philipp von Thaün, mit einer einleitung über die sprache des autors, herausgeg. von. E. Mall. *Strassburg, J. Trübner*, 1873, pet. in-12, br.

407. Popular treatises on science, written during the middle ages, in anglo-saxon, anglo-norman, and english; edited, from the original manuscripts, by Th. Wright. *London, printend for the historial Society of Science*, 1841, in-8, perc.

Recueil contenant le Comput et le Bestiaire de Philippe de Than.

408. Li Romans des Eles, par Raoul de Houdenc, publié pour la première fois en entier, d'après un ms. de Turin, et accompagné de variantes et de notes explicatives, par A. Scheler. *Bruxelles, Muquardt*, 1868, in-8, br.

409. Meraugis de Portlesquez, Roman de la Table Ronde, par Raoul de Houdenc, publié pour la première fois par H. Michelant, avec *fac-simile* des miniatures du ms. de Vienne. *Paris, Tross*, 1869, gr. in-8, br.

Publication remarquablement exécutée.

410. Raoul de Houdenc. Eine Stilistische untersuchung über seine werke und seine identität mit dem verfasser des « Messire Gauvain ». Von O. Boerner. *Leipzig*, 1885, in-8, de 127 pag., br.

411. Jacques de Baisieux, trouvère belge. Poèmes inédits, publiés par A. Scheler. *Bruxelles, Olivier*, 1870, in-8, br.

412. Aucassin et Nicolette, roman de chevalerie provençal-picard, publié, avec introduction et traduction, par A. Delvau. *Paris, Bachelin-Deflorenne*, 1866, in-8, en caract. goth., br.

Belle édition, tirée à 150 exempl., dont 100 pour le commerce. Rare.

413. Aucassin und Nicolete, neu nach der Handschrift mit paradigmen und glossar von H. Suchier. *Paderborn, Schöningh*, 1878, in-8, br.

414. Aucassin et Nicolette, chante fable du xiie siècle, traduite par A. Bida, révision du texte original et préface, par Gaston Paris. *Paris, Hachette*, 1878, gr. in-8, avec eaux-fortes, texte encadré, br.

Epuisé.

415. Les Amours du bon vieux tems. On n'aime plus comme on aimoit jadis. *Vaucluse et Paris, Duchesne*, 1756, in-12, vignette sur le titre; dem.-rel.

C'est le fabliau d'Aucassin et Nicolette, rajeuni par La Curne de Sainte-Palaye. Peu commun.

416. L'Alphabet de la mort de Hans Holbein, entouré de bordures du xvie siècle et suivi d'anciens poèmes français sur le sujet des trois mors et des trois vis, publié, d'après les mss., par A. de Montaiglon. *Paris, Tross*, 1856, in-8, perc.

Epuisé.

417. Dits et Contes de Baudouin de Condé et de son fils Jean de Condé, publiés d'après les mss. de Bruxelles, Turin, Rome, Paris et Vienne, et accompagnés de variantes et de notes explicatives, par A. Scheler. *Bruxelles, V. Devaux*. 1866-67, 3 vol. gr. in-8, d.-rel.

418. Gedichte von Jehan de Condet, nach der Casanatensischen Handschrift, herausgegeben von A. Tobler. *Stuttgart*, 1860, in-8, br.

419. Baudouin de Condé, analyse d'un manuscrit de la Bibliothèque de Bourgogne, par Ch. Potvin. *Bruxelles, Heussner*, 1863, in-8, br.

420. Dits de Watriquet de Couvin, publiés pour la première fois, d'après les mss. de Paris et de Bruxelles et accompagnés de variantes et de notes explicatives, par A. Scheler. *Bruxelles, V. Devaux*, 1868, gr. in-8, d.-rel.

421. Œuvres complètes de Rutebeuf, trouvère du XIIIe siècle, recueillies et mises au jour pour la première fois par A. Jubinal. *Paris, Ed. Pannier*, 1839, 2 vol. in-8, d.-rel.

422. Œuvres complètes de Rutebeuf, trouvère du XIIIe siècle, recueillies et mises au jour pour la première fois, par A. Jubinal. Nouvelle édition, revue et corrigée. *Paris, Daffis*, 1874-1875, 3 vol. in-16, (Bibl. Elzevir.)

423. La Complainte d'outre-mer, et celle de Constantinople, par Rutebeuf; publiées et mises au jour avec une notice sur ce poète, par A. Jubinal. *Paris, Techener; Silvestre*, 1834, in-8, cart.

Tiré à très petit nombre

424. Le Miracle de Théophile, par Rutebeuf, trouvère du XIIIe siècle, publié par A. Jubinal. *Paris, Ed. Pannier*, 1838, in-8, cart.

425. Rustebuef's gedichte. Nach den Handschriften der Pariser National-Bibliothek herausgegeben von A. Krefsner. *Wolfenbüttel*, 1885, in-8, br.

426. Le Trésor de Vénerie, poème composé en 1394 par messire Hardouin de Fontaines Guérin; publié pour la première fois, avec des notes, par le baron Jérôme Pichon, et orné de gravures à l'eau-forte, reproduisant les miniatures du ms. *Paris, Techener*, 1855, in-8, br.

Le poème est complet, mais il reste une livraison à paraître pour la fin des Notes. Tiré à petit nombre. Rare et recherché.

427. Trésor de Vènerie, composé l'an M. CCC. LXXXX. IV par Hardouin, seigneur de Fontaines-Guérin, et publié pour la première fois par H. Michelant. *Metz, Rousseau-Pallez*, 1856, in-8, br.

Tiré à 200 exemplaires. Epuisé et devenu rare.

428. Versuch einer dialektbestimmung des lai du Corn und des fabliau du Mantel mautaillié, von P. Richter. *Marburg*, 1885, in-8, br.

429. Le lay de Paix (par Alain Chartier) pet. in-4, s. d. (1826), en caract. goth.

Réimpression faite chez Jules Didot et tirée à 16 exemplaires numérotés.

430. Essai sur les écrits politiques de Christine de Pisan, suivi d'une notice littéraire et de pièces inédites, par Raimond Thomassy. *Paris, Debécourt*, 1838, in-8, dem. rel.

431. La Riote du monde. Le roi d'Angleterre et le Jongleur d'Ely (XIIIe siècle), publié d'après deux mss. (par Francisque Michel). *Paris, Silvestre*, 1835, gr. in-8, br.

Tiré à 100 exemplaires. Très rare.

432. Le Livre du chemin de long estude, par Cristine de Pizan, publié pour la première fois, d'après sept mss. de Paris, de Bruxelles et de Berlin, par R. Püschel. *Berlin*, s. d. in-8, br.

433. Le Dit de Poissy de Christine de Pisan, description du prieuré de Poissy en 1400 (publié par P. Pougin). *Paris, Didot*, 1857, in-8, br.

Tiré à 75 exemplaires.

434. L'Apparition de Jehan de Meun ou le songe du prieur de Salon par Honoré Bonet, prieur de Salon, docteur en décret MCCCLXXXVIII, publié par la Société des bibliophiles français. *Paris, Silvestre*, 1845, in-4, d.-rel.

Rare.

435. De Venus la deesse d'amor, altfranzösisches minnegedicht aus dem XIII. Jahrhundert nach der Handschrift B. L. F. 283 der Arsenalbibliothek in Paris, zum ersten male herausgegeben von W. Foerster. *Bonn*, 1880, in-12, br.

436. Li Dis dou vrai aniel. Die parabel von dem ächten ringe, französische dichtung des dreizehnten Jahrhunderts, aus einer Pariser Handschrift zum ersten male herausgegeben von A. Tobler. *Leipsig, Hirzel*, 1871, in-12, br.

437. Le même, seconde édition. *Leipsig, Hirzel*, 1884, in-12, br.

438. La Dime de penitance, altfranzosisches gedicht verfasst im Jahre 1288 von Jehan von Journi und aus einer Handschrift des British Museum zum ersten Male herausgegeben von H. Breymann. *Stuttgart*, 1874, in-8, br.

Poème allégorique.

439. Chardry's Josaphaz, set Dormanz und Petit Plet, dichtungen in der Anglo-Normannischen Mundart des XIII. Jahrhunderts zum ersten Mal vollständig, mit einleitung, anmerkungen und glossar, herausgegeben von J. Koch. *Heilbronn, Henninger*, 1879, in-12, br.

440. Li Romans de Carité et Miserere de Renclus de Moiliens, poèmes de la fin du XIIe siècle, édition critique, acompagnée d'une introduction, de notes, d'un glossaire et d'une liste des rimes, par A.-G. Van Hamel. *Paris, Vieweg*, 1885, gr. in-8, br.

441. Lai d'Havelok le Danois, XIIIe siècle, (publié par Francisque Michel). *Paris, Silvestre*, 1833, gr. in-8, d.-rel. tête dor.

Tiré à 100 exemplaires numérotés. Rare.

442. Die Sage von Guy von Warwick. Untersuchung über ihr alter und ihre geschichte, von A. Tanner. *Heilbronn, Henninger*, 1877, in-8, br.

443. Roman de Mahomet, en vers du XIIIe siècle, par Alexandre du Pont, et Livre de la loi au Sarrazin, en prose du XIVe siècle, par Raymond Lulle, publiés pour la première fois et accompagnés de notes, par MM. Reinaud et Francisque Michel. *Paris, Silvestre*, 1831, gr. in-8, d.-rel.

Tiré à 200 exemplaires numérotés.

444. Richars li Biaus, roman inédit du XIII$^e$ siècle, en vers. Analyse et fragments publiés pour la première fois, d'après un ms. de la bibl. de l'Université de Turin, par C. C. Casati. *Paris, Franck*, 1868, in-12, de 36 pag. br.

445. Richars li Biaus, zum ersten Male herausgegeben von W. Foerster. *Wien*, 1874, pet. in-8, br.

446. Roman du meunier d'Arleux, en vers, du XIII$^e$ siècle, par Enguerrand d'Oisy, publié pour la première fois par Francisque Michel. *Paris, Silvestre*, 1833, in-8, br.

Tiré à 100 exemplaires.

447. Le Dit de la Gageure (publié par Francisque Michel). *Paris, Plassan*, 1835, in-8, br.

Tiré à 50 exemplaires.

448. La Veuve, fabliau inédit de Gauthier Le Long, trouvère Tournaisien, publié par A. Scheler. *Bruxelles, Decq*, 1866, in-8, br.

449. De l'Oustillement au villain. XIII$^e$ siècle (publié par L. J. N. Monmerqué). *Paris, Silvestre*, 1833, in-8, br.

Tiré à 100 exemplaires.

450. Gautier d'Aupais, le Chevalier à la corbeille, fabliaux du XIII$^e$ siècle, publiés pour la première fois, d'après deux mss., par Francisque Michel. *Paris, Silvestre*, 1835, gr. in-8, br.

Tiré à 100 exemplaires.

451. La bataille et le mariage des VII arts, pièces inédites du XIII$^e$ siècle, en langue romane, publiées pour la première fois par A. Jubinal. *Paris, E. Pannier*, 1838, in-8, dérelié.

Tiré à très petit nombre.

452. Le Roman du Renart, publié d'après les mss. de la bibl. du roi, des XIII$^e$, XIV$^e$ et XV$^e$ siècles, par D. M. Méon. *Paris, Treuttel* et *Würtz*, 1826, 4 vol. in-8, br. — Le Roman du Renart, supplément, variantes et corrections, publié d'après les mss. de la bibl. du roi et de la bibl. de l'Arsenal, par P. Chabaille. *Paris, Silvestre*, 1835, in-8, br. Ensemble, 5 vol.

453. Le Roman de Renart, publié par Ern. Martin. *Strasbourg, Trubner*, 1882-1885, 2 vol. gr. in-8, br.

454. Les Romans du Renard, examinés, analysés et comparés, d'après les textes manuscrits les plus anciens, les publications latines, flamandes, allemandes et françaises; précédés de renseignements généraux et accompagnés de notes et d'éclaircissements philologiques et littéraires, par A. Rothe. *Paris, Techener*, 1845, fort vol. gr. in-8, br.

Rare.

455. Renart-le-Nouvel, roman satirique composé au XIII$^e$ siècle, par Jacquemars Giélée de Lille, précédé d'une introduction historique et illustré d'un *fac-simile* d'après le ms. La Vallière de la Bibliothèque Nationale, par J. Houdoy. *Paris, Aubry*, 1874, gr. in-8, br. pap. de Holl.

456. Œuvres de Henri d'Andeli, trouvère normand du XIII$^e$ siècle, publiées, avec introduction, variantes, notes et glossaire, par A. Héron. *Paris, Claudin*, 1881, gr. in-8, br.

Tiré pour le commerce à 40 exemplaires numérotés.

457. Sprachliche untersuchung über die Werke Henri d'Andeli's, nebst einem anhang enthaltend : la Bataille des vins, diplomatischer abdruck der Berner Hs. von Fr. Augustin. *Marburg*, 1886, in-8, br.

458. Les Dits de Hue Archevesque, trouvère normand du XIIIe siècle, publiés, avec introduction, notes et glossaire, par A. Héron. *Paris*, *Claudin*, 1885, gr. in-8, br.

Tiré pour le commerce à 40 exemplaires numérotés.

459. Mellusine, poème relatif à cette fée poitevine, composé dans le XIVe siècle par Couldrette, publié pour la première fois, d'après les mss. de la Bibliothèque impériale, par Francisque Michel. *Niort*, 1854, in-8, br.

*e. — Chansonniers. — Ballades. — Rondeaux.*

460. Die Lieder des Castellans von Coucy nach sämmtlichen Handschriften kritisch bearbeitet, von Fr. Fath. *Heidelberg*, *J. Horning*, 1883, in-8, br.

461. Chansons du Châtelain de Coucy, revues sur tous les manuscrits, par Francisque Michel, suivies de l'ancienne musique, mise en notation moderne, par M. Perne. *Paris*, *impr. de Crapelet*, 1830, gr. in-8, cart.

Tiré à 137 exemplaires numérotés.

462. Mémoires historiques sur Raoul de Coucy. On y a joint le Recueil de ses chansons en vieux langage, avec la traduction et l'ancienne musique. *Paris*, *Ph. D. Pierres*, 1781, 2 tom. en 1 vol. in-12, rel. Port. et fig.

Rare.

463. Les œuvres de Blondel de Néele, (publiées par P. Tarbé), *Reims*, 1862, gr. in-8, br.

464. Chansons de Roger d'Andeli, seigneur normand des XIIe et XIIIe siècles, publiées avec introduction, variantes et glossaire, par A. Héron. *Paris*, *Claudin*, 1883, gr. in-8, br.

Tiré pour le commerce à 40 exemplaires numérotés.

465. Les Chansons de messire Raoul de Ferrières, très ancien poète normant, imprimées pour la première fois aux frais de M. G.-S. Trébutien, du Cinglais. *Caen*, *F. Poisson*, 1846, in-32, br.

Rare.

466. Chansons de Maurice et de Pierre de Craon, poètes anglo-normands du XIIe siècle, publiées, pour la première fois, d'après les mss. de la Bibl. du roi, par G.-S. Trébutien. *Caen*, *B. Mancel*, 1843, in-32, br.

Tiré à 120 exemplaires numérotés.

467. Chansons, ballades et rondeaux de Jehannot de Lescurel, poète du XIVe siècle, publiés, pour la première fois, d'après un ms. de la Bibl. impér., par A. de Montaiglon. *Paris*, *P. Jannet*, 1855, in-16, cart. (Bibl. Elzevir.)

468. Chansons de Thibault IV, comte de Champagne et de Brie, roi de Navarre (publiées par P. Tarbé). *Reims*, 1851, in-8, demi-rel.

269. Les Poésies du roy de Navarre (Thibault), avec des notes et un glossaire françois, (par Levêque de La Ravallière). *Paris, Guérin*, 1742, 2 vol. pet. in-8, rel. tr. dor.

Rare.

470. Œuvres complètes du trouvère Adam de la Halle (poésie et musique), publiées par E. de Caussemaker. *Paris, A. Durand et Pédoné-Lauriel*, 1872, pet. in-4, br.

Très rare.

471. Poésies d'Agnès de Navarre-Champagne, dame de Foix, (publiées par P. Tarbé). *Paris, Aubry*, 1856, gr. in-8, br.

Tiré à petit nombre.

472. Chansons et Saluts d'amour de Guillaume de Ferrières, dit le Vidame de Chartres, la plupart inédits, réunis pour la première fois avec les variantes de tous les mss., précédés d'une notice sur l'auteur, par L. Lacour. *Paris, Aubry*, 1856, in-16, perc.

473. Etude sur Bruneau de Tours, trouvère du XIII$^{e}$ siècle, par A. Brachet. *Paris, Franck*, 1865, in-8, br.

Cette étude sur Bruneau de Tours contient les deux chansons qui nous restent de ce trouvère, intéressant en ce qu'il est le seul représentant connu de la Touraine dans la poésie lyrique du XIII$^{e}$ siècle. Elles comptent, d'ailleurs, parmi les bonnes productions de ce genre.

474. Poésies inédites de Jean Moniot, trouvère parisien du XIII$^{e}$ siècle, publiées par G. Raynaud. (*Paris, impr. de Daupeley-Gouverneur, à Nogent-le-Rotrou*), 1882, in-8, br.

Non mis dans le commerce.

475. Le Lai de la Dame de Fayel, publié d'après plusieurs mss. par G. Lecocq. *Saint-Quentin, Triqueneaux-Devienne*, 1872, in-8, br.

476. Des Guiot von Provins bis jetzt bekante Dichtungen, altfranzösisch und in deutscher metrischer uebersetzung, mit einleitung, Anmerkungen und vollständigem erklärenden worterbuche, herausgegeben von J.-F. Wolfart und San-Marte. *Halle*, 1861, in-8, br.

477. Poésies morales et historiques d'Eustache Deschamps, publiées pour la première fois, d'après le ms. de la bibl. du roi, avec un précis historique et littéraire sur l'auteur, par G.-A. Crapelet. *Paris, impr. de Crapelet*, 1832, gr. in-8, cart.

Epuisé.

478. Poésies morales et historiques d'Eustache Deschamps, publiées pour la première fois, d'après le ms. de la bibl. du roi, avec un un précis historique et littéraire sur l'auteur, par G.-A. Crapelet. *Paris, impr. de Crapelet*, 1832, gr. in-8, cart. (Provenant de la bibl. de M. Guizot.)

Epuisé.

479. Œuvres inédites d'Eustache Deschamps, publiées par P. Tarbé. *Reims*, 1849, 2 tom. en 1 vol. in-8, demi-rel.

Epuisé.

480. Œuvres complètes d'Eustache Deschamps, publiées d'après le ms. de la Bibl. nat., par le marquis de Saint-Hilaire. *Paris, Firmin Didot*, 1878-1880, 4 vol. in-8.

Publication de la Société des anciens textes français.

481. Quant reviendra nostre roy à Paris? Ballade d'Eustache Deschamps, chantée en 1389 (publiée par P. Tarbé). *Reims, L. Jacquet*. 1849, in-8, br,

482. Le Miroir de mariage, poème inédit d'Eustache Deschamps, publié par P. Tarbé. *Reims, Brissart-Binet*, 1865, in-8, br.

Tiré à 100 exemplaires. Epuisé.

483. LeTraicté de Getta et d'Amphitrion, poème dialogué du xv<sup>e</sup> siècle, traduit du latin de Vital de Blois par Eustache Deschamps, publié, pour la première fois, d'après le ms. de la bibl. de Paris, avec une introduction et des notes, par le marquis de Queux de Saint-Hilaire. *Paris, Jouault*, 1872, in-16, parch. factice.

La traduction est du xiv<sup>e</sup> siècle et non du xv<sup>e</sup>, comme le porte le titre.

484. Etude sur Eustache Deschamps, par A. Sarradin. *Versailles, Cerf et fils*, 1878, in-8, br.

485. Jean Joret, poète normand du xv<sup>e</sup> siècle, escripteur des rois Charles VII, Louis XI et Charles VIII, publication faite, pour la première fois, d'après un ms. de la bibl. roy., précédée de considérations historiques sur la langue et la poésie françaises, par J.-G.-A. Luthereau. *Paris, Derache*, 1841, in-8, br.

486. Œuvres de Froissart. Poésies publiées par A. Scheler. *Bruxelles, V. Devaux*, 1870, 1871, 1872, 3 vol, gr. in-8, br, pap. de Holl.

487. Le Temple de Honneur, (par J. Froissart et publié par P. Chabaille). *Paris, Silvestre*, 1845, pet. in-16, br., caract. goth.

(De la collection de poésies, romans, chroniques, etc., publiée par Silvestre.)

488. Le Livre des cent ballades, contenant des conseils à un Chevalier pour aimer loialement et les responses aux ballades, publié d'après trois mss. de la bibl. impér. de Paris et de la bibl. de Bourgogne de Bruxelles, avec une introduction, des notes historiques et un glossaire, par le marquis de Queux de Saint-Hilaire. *Paris, Maillet*, 1868, in-8, br. — Complément, *Paris, Maillet*, 1874, in-8, br. Ensemble : 2 vol.

Epuisé.

389. Poésies de Charles d'Orléans, père de Louis XII et oncle de François I<sup>er</sup>, rois de France, (publiées par P.-V. Chalvet). *Paris, Warée*, 1809, pet. in-8, demi-rel.

490. Les Poésies du duc Charles d'Orléans, publiées sur le ms. de la bibl. de Grenoble, conférées avec ceux de Paris et de Londres, et accompagnées d'une préface historique, de notes et d'éclaircissements littéraires, par A. Champollion-Figeac. *Paris, J. Belin-Leprieur*, 1842, in-16, demi-rel.

491. Poésies de Charles d'Orléans, publiées d'après les mss. des bibl. du roi et de l'Arsenal, par J. Marie Guichard. *Paris, Ch. Gosselin*, 1842, in-16, demi-rel.

492. Poésies complètes de Charles d'Orléans, revues sur les mss. avec préface, notes et glossaire, par Ch. d'Héricault. *Paris, Lemerre*, 1874, 2 vol. in-16, perc.

493. Œuvres complètes de François Villon, nouvelle édition revue, corrigée et mise en ordre, avec des notes historiques et littéraires, par P.-L. Jacob. *Paris, Jannet*, 1854, in-16. (Bibl. Elzev.)

Epuisé.

494. Œuvres complètes de François Villon, suivies d'un choix des poésies de ses disciples, édition préparée par La Monnoye, mise au jour, avec notes et glossaire, par Pierre Jannet. *Paris, E. Picard*, 1867, in-16, perc. bleue.

495. Œuvres de François Villon, publiées avec préface, notices, notes et glossaire, par Paul Lacroix. *Paris, Jouaust*, 1878, in-8, br.

496. Œuvres complètes de François Villon, publiées avec une étude sur Villon, des notes, la liste des personnages historiques et la bibliographie, par L. Moland. *Paris, Garnier*, 1879, gr. in-18 jésus, br.

497. Les deux testaments de Villon. suivis du Bancquet du boys. nouveaux textes, publiés par P.-L. Jacob. *Paris, Académie des bibliophiles*, 1866, in-16. br.

Tiré à petit nombre.

498. Specimen d'un essai critique sur les Œuvres de François Villon, par W.-G.-C. Bijvanck. *Leyde, De Breuk et Smits*, 1882, in-8, br.

499. François Villon, sa vie et ses œuvres, par A. Campaux. *Paris, Durand*, 1859, in-8. br.

500. Note sur François Villon, d'après des documents nouveaux et inédits tirés des Dépôts publics, par A. Vitu. *Paris, Jouaust*, 1873, in-8, br.

### *E*. — POÈTES ET POÉSIES ANONYMES DEPUIS VILLON. — CHANSONS POÉSIES EN PATOIS. — POÉSIES SUPPOSÉES

501. Le Triumphe de haulte et puissante dame V... et le pourpoint fermant à boutons. Nouvelle édition complète, avec une préface et un glossaire, par A. de Montaiglon, et le fac-simile du Triumphe par Adam Pilinski. *Paris, Willem*, 1874, in-12, br., couv. impr.

Epuisé. Rare. L'un des 20 exemplaires, papier de Chine.

502. La Vie ma dame saincte Marguerite, vierge et martyre Avec son oraison. *Imprimé à Paris, par Didier Maheu*, s. d., in-12.

Edition non citée par Brunet.

503. La Vie de ma dame saincte Marguerite, vierge et martyre, avec son oraison. *Imprimé à Troyes, chez Jean Lecoq*, s. d., in-8, br.

Réimpression éditée par René Muffat, libraire à Paris.

504. La grant danse macabre des hommes et des femmes, avec les dis des trois mors et trois vifs, le debat du corps et de lame, la complainte de lame dampnée et lenseignement pour bien vivre et bien mourir. Nouvellement imprimé a Paris. XVII. C.
Réimpression *fac-simile*, exécutée, en 1858, par *Ch. Lahure*, in-16, caract. goth. 87 vignettes sur bois.

Très rare.

505. La dance macabre des SS. Innocents de Paris, d'après l'édition de 1484, précédée d'une étude sur le cimetière, le charnier et la fresque peinte en 1425, par l'abbé V. Dufour. *Paris, Willem, Daffis*, 1874, in-16, br.

506. Les Douze dames de rhétorique, publiées, pour la première fois, d'après les mss. de la bibl. roy., avec une introduction, par M.-L. Batissier. *Moulins, Desrosiers*, 1837, pet. in-fol.

Édition ornée de seize vignettes copiées sur les mss., et tirée à petit nombre.

507. Les Commandemens de dieu et du dyable, avec la Remembrance de la mort. *Paris, Techener*, in-8, br.

Réimpression faite à Chartres, en 1831, chez Garnier, avec le titre *fac-simile* ; tirée à 76 exemplaires.

508. La Complainte douloureuse du nouveau marié. *Paris, Firmin Didot*, 1830, pet. in-8, goth., br.

Réimpression tirée à 70 exemplaires.

509. Le Banquet du boys. S. l. n. d., in-8, br. Réimpression donnée par le libraire René Muffat. — Le Banquet du boys, nouveau texte publié, avec une introduction et des notes, par An. de Montaiglon et J. de Rothschild. *Paris, Daffis*, 1875, in-18, br. Ensemble : 2 vol.

510. Le Débat de deux demoyselles, l'une nommée la Noyre, et l'autre la Tannée, suivi de la vie de Saint-Harenc, et d'autres poésies du xv^e siècle, avec des notes et un glossaire (publ. par M. F. de Bock). *Paris, Didot*, 1825, in-8 cart. non r.

511. Le plaisant jeu du Dodechedron de Fortune, non moins recreatif que subtil et ingénieux : Renouvellé et changé de sa première édition. *Lyon, Didier*, 1576, in-16, cart.

512. Les Souhaits du monde. *Paris, impr. de Crapelet*, 1831, gr. in-8, caract. goth., demi-rel.

513. Les Vers de maître Henri Baude, poète du xv^e siècle, recueillis et publiés, avec les actes qui concernent sa vie, par J. Quicherat. *Paris, Aubry*, 1856, in-12, demi-rel,

Tiré à petit nombre. Rare.
Recueil des meilleures poésies d'un élève de Villon, ignoré jusqu'à ces derniers temps, et qui a eu, comme son maître, des démêlés avec la police, mais seulement pour avoir mis de la politique dans ses vers. L'éditeur a publié de nombreux documents qui attestent les infortunes de Baude, après en avoir tiré la substance d'une curieuse biographie. On a relié à la suite : la Prophecie du roy Charles VIII, par maître Guilloche, publiée par le marquis de La Grange. Paris, 1869.

514. Le Parement et Triumphe des dames (par Olivier de la Marche) (à la fin) : Cy finist le parement et triumphe des dames dhonneur. Nouvellement imprimé à Paris par la veufue feu Jehan Trepperel et Jehan Jehânot, etc. *Paris*, in-16, réimpression donnée, en 1870, par le libraire Baillieu.

515. Œuvres de Coquillart, nouvelle édition, revue et annotée par Ch. d'Héricault. *Paris, Jannet*, 1857, 2 vol. in-16. (Bibl. Elzevir.)

516. Œuvres complètes de Clément Marot, revues sur les éditions originales, avec préface, notes et glossaire, par P. Jannet. *Paris, E. Picard*, 1868, 4 vol. in-16, perc.

517. Œuvres complètes de Malherbe, avec préface, notes et glossaire, par P. Jannet. *Paris, Lemerre*, 1874, in-16, perc.

518. Les blasons domestiques, par Gilles Corrozet. Nouvelle édition, publiée par la Société des bibliophiles françois (par P. Paris). *Paris, impr. de Lahure*, 1865, in-32, br.

519. Le grant blason des faulces amours. par Guillaume Alexis, bénédictin, surnommé le bon moyne de Lyre, avec une notice bibliographique, par Philomneste Junior. *Genève, J. Gay*, 1867, in-18, br.

Tiré à 100 exemplaires numérotés.

520. Œuvres complètes de P. de Ronsard, nouvelle édition publiée sur les textes les plus anciens, avec les variantes et des notes, par P. Blanchemain. *Paris, Jannet*, 1857-1867, 8 vol. in-16. (Bibl. Elzevir.)

521. Les gayetez et les épigrammes de Pierre de Ronsard, gentilhomme vandômois, dédiées à Jean Anthoine de Baïf, poète françois. *A Turin, chez Jean-François Pico*, 1573. *Amsterdam* (Bruxelles), 1865, in-12, br.

Tiré à petit nombre.

L'impression, trés soignée de ce volume, a été faite sur une copie subreptice de vers recueillis pour être conservés dans le musée secret d'un bibliophile. La prétendue édition de Turin n'a jamais existé. Complément des 8 vol. publiés par J. Jannet.

522. Œuvres de Philippe Desportes, avec une introduction et des notes, par A. Michiels. *Paris, Delahays*, 1858, pet. in-8, demi-rel.

523. Œuvres complètes de Regnier, revues sur les anciennes éditions, avec préface, notes et glossaire, par P. Jannet. Deuxième édition. *Paris, Picard*, 1869, in-16, perc.

524. Fables de J. de La Fontaine, avec préface, notes et glossaire, par P. Jannet. *Paris, E. Picard*, 1868, 2 vol. in-16, perc.

525. Contes et Nouvelles de La Fontaine, avec préface, notes et glossaire, par P. Jannet. *Paris, Lemerre*. 1873, 2 vol. in-16, perc.

526. Cent cinq rondeaulx d'amour, publiés d'après un manuscrit du commencement du XVIe siècle, par Edwin Tross. *Paris, Tross*, 1863, in-12, demi-rel.

527. Dix-sept belles chansons. 1862, in-12, goth., br.

Réimpression *fac-simile*, tirée à 75 exemplaires, faite par les soins de A. Percheron sur le recueil, très rare, publié vers 1525.

Quatorze belles chansons. 1863, in-12, goth., br.

Réimpression *fac-simile*, tirée à 75 exemplaires, faite par les soins de A. Percheron sur l'édition ancienne publiée vers 1525.
Ensemble, 2 vol.

528. Anthologie Françoise ou chansons choisies, depuis le XIIIe siècle jusqu'à présent (par J. Monet). (*Paris*), 1765, 3 vol. pet. in-8, fig., d.-rel., dos et c.

529. Chansons normandes du xv^e siècle, publiées pour la première fois sur les mss. de Bayeux et de Vire, avec notes et introduction, par A. Gasté. *Caen, Le Gost-Clérisse*, 1866, in-12, titre grav., d.-rel., dos et c. en mar. tête dor.

Tiré à 200 exemplaires en caractères italiques. Epuisé.

530. Chansons du xv^e siècle, publiés d'après le ms. de la Bibl. Nat. de Paris, par G. Paris, et accompagnées de la musique transcrite en notation moderne, par A. Gevaert. *Paris, Didot*, 1875, in-8, cart. (Publication de la Société des anciens textes français.)

Le manuscrit publié par M. G. Paris contient, entre beaucoup d'autres chansons, des variantes, souvent excellentes, de celles des deux manuscrits édités par M. A. Gasté.

531. Noels nouveaulx, sur le chant de plusieurs belles chansons nouvelles de cette présente année mil cinq cens L. IIII. Sur l'imprime au Mans, 1555, par Denys Gaignot, *Paris, Techener (imprimé au Mans, chez Belon)*, 1832, pet. in-8, br.

Réimpression à 29 exemplaires numérotés.

532. Recueil de fables et contes en patois saintongeais, avec la traduction en regard, par H. Burgaud des Marets, troisième édition. *Paris, Didot*, 1859, in-12, cart., pap. de chine.

533. J. Foucaud. Poésies en patois limousin, édition philologique, complètement refondue pour l'ortographe, par Em. Ruben. *Limoges, impr. de V^e H. Ducourtieux*, 1866, gr. in-8, br.

Deuxième édition, avec un nouveau titre, portant la date de 1883.

534. Poésies de Marguerite-Eléonore-Clotilde de Vallon-Chalys, depuis M^me de Surville, poète français du xv^e siècle; publiées par Ch. Vanderbourg. *Paris, Nepveu*, 1804, in-16, rel. pleine.

535. Poésies inédites de Marguerite-Eléonore-Clotilde de Vallon et Chalys, depuis M^me de Surville, poète français du xv^e siècle, publiées par de Roujoux et Ch. Nodier, ornées de grav. dans le genre goth. *Paris, Nepveu*, 1827, in-8, demi-rel.

536. Du Baro mors et vis, conte du xii^e siècle, publié par Ch. Richelet. *Paris, Techener*, 1832, pet. in-8, br.

Tiré à 29 exemplaires.

Li Molnier de Nemox, conte de la fin du xi^e siècle, publié par Ch. Richelet. *Paris, Techener*, 1832, pet. in-8, br.

Tiré à 29 exemplaires.

Li Neps del Pastur, conte du xii^e siècle, publié par Ch. Richelet. *Paris, Techener*, 1832, pet. in-8, br.

Tiré à 29 exemplaires.
Ensemble : 3 vol.

## III. — THÉATRE

### A. — HISTOIRE

537. Histoire du Théâtre François, depuis son origine jusqu'à présent. (Par les frères Parfaict). *Paris, A. Morin* 1734 et *Le Mercier*, 1735, tom. I et II seulement, 2 vol. in-12.

Edition originale.

538. Bibliothèque du Théâtre François, depuis son origine, contenant un extrait de tous les ouvrages compos. pour ce théâtre, dep. les mystères jusqu'aux pièces de Pierre Corneille; une liste chronologique de celles compos. depuis, etc. (par Marion et le duc de Lavallière). *Dresde*, 1768, 3 vol. pet. in-8, rel.

539. Etudes sur les mystères, monuments historiques et littéraires, la plupart inconnus et sur divers mss. de Gerson, y compris le texte primitif français de l'Imitation de J.-C., récemment découvert par O. Le Roy. *Paris*, *Hachette*, 1837, in-8, demi-rel.

540. Epoques de l'Histoire de France, en rapport avec le Théâtre Français, dès la formation de la langue jusqu'à la Renaissance, par O. Le Roy. *Paris*, *Hachette*, 1843, gr. in-8, demi-rel.

541. Histoire de la Comédie. Comédie primitive. — Comédie chinoise. — Théâtre indien. — Comédie grecque, par Ed. du Méril. *Paris*, *Didier*, 1864-1869, 2 vol. in-8, demi-rel.

542. Histoire du Théâtre en France. Les Mystères, par L. Petit de Julleville. *Paris*, *Hachette*, 1880, 2 vol. in-8, br.

543. Origines latines du théâtre moderne, publiées et annotées par Ed. du Méril. *Paris*, *Franck*, 1849, in-8, demi-rel.

Epuisé.

544. Histoire de la mise en scène, depuis les Mystères jusqu'au Cid, par Em. Morice. *Paris impr. d'Ad. Moessard*, 1836, in-16, demi-rel.

Rare.

545. Les Origines du théâtre moderne, ou Histoire du génie dramatique, depuis le Ier jusqu'au XVIe siècle, précédé d'une introduction contenant des études sur les origines du théâtre antique, par Ch. Magnin. *Paris*, *Hachette*, 1838, tom. I, in-8, demi-rel. (Le seul paru.)

546. Etudes historiques sur les Clercs de la Bazoche, suivies de pièces justificatives, par Ad. Fabre. *Paris*, *Potier*, 1856, in-8, demi-rel., tête dor.

Première édition. Rare.

547. Toiles peintes et tapisseries de la ville de Reims, ou la mise en scène du théâtre des Confrères de la Passion; études des mystères et explications historiques, par L. Paris. *Paris*, *Hyp. de Bruslart*, 1843, 2 tom. en 1 vol. in-4, demi-rel.

Manque l'in-fol. contenant les planches.

548. Notice sur les mystères représentés à Compiègne au moyen âge, par Alex. Sorel. *Compiègne*, *V. Edler*, 1873, in-8, br.

### *B.* — PIÈCES DE THÉATRE : *Mystères*, *Miracles*, *Farces*, *Soties*, *Moralités*.

549. Théâtre français au moyen âge, publié d'après les mss. de la Bibl. du roi, par L.-J.-N. Monmerqué et Francisque Michel. (XIe-XIVe siècle). *Paris*, *Firmin Didot*, 1874, fort vol. in-4, br.

550. Dictionnaire des Mystères, ou collection générale des Mystères, Moralités, Rites figurées et cérémonies singulières, etc., suivi d'une notice sur le thétâre libre, par le comte de Douhet; publié par l'abbé Migne. *Paris*, *J.-P. Migne*, 1854, in-4, br.

551. Le Théâtre français avant la Renaissance, 1450-1550, Mystères, moralités et farces, précédé d'une introduction et accompagné de notes pour l'intelligence du texte, par Ed. Fournier. *Paris, Laplace, Sanchez et Cᵉ*, s. d. (1872), gr. in-8, cart., tr. dor.

Orné du portrait en pied, colorié, du principal personnage de chaque pièce ; dessins par Maurice Sand, Allouard et Adrien Marie.

552. Mystères inédits du quinzième siècle, publiés, pour la première fois, par Jubinal, d'après le mss. *(sic)*, unique de la bibl. de Sainte-Geneviève. *Paris Techener*, 1837, 2 vol. in-8, br.

553. Ancien Théâtre François ou collection des ouvrages dramatiques les plus remarquables, depuis les Mystères jusqu'à Corneille, publié avec des notes et éclaircissements, par Viollet Le Duc. *Paris, Jannet*, tom. I, II, III et X, 1854-1857. Ensemble : 4 vol. in-16. (Bibl. Elzevir).

La collection complète comprend 10 volumes, mais les trois premiers forment une partie distincte et contiennent 64 farces ou moralités tirées d'un recueil factice du British Museum. Le dernier volume est entièrement consacré au glossaire.

554. Adam, drame anglo-normand du XIIᵉ siècle, publié, pour la première fois, d'après un ms. de la bibl. de Tours, par V. Luzarche. *Tours, impr. de J. Bouserez*, 1854, in-8, demi-rel.

Cette pièce, que M. V. Luzarche qualifie à tort d'anglo-normande, est composée dans le dialecte qu'on parlait en Normandie, à la fin du XIIᵉ siècle. C'est le plus ancien Mystère complet que nous possédions en langue vulgaire, si l'on peut employer ici le mot mystère, qui n'était pas encore, à ce qu'il semble, usité dans ce sens, à l'époque dont il s'agit.

555. Adam, représentation de la chute du premier homme, imitation libre de la première partie du drame anglo-normand du XIIᵉ siècle que M. V. Luzarche a publié, pour la première fois, en 1854. *Paris, Wittersheim*, 1855, in-4, br.

556. Adam, mystère du XIIᵉ siècle, texte critique, accompagné d'une traduction par L. Palustre. *Paris, Dumoulin*, 1877, pet. format in-4, br.

557. La Résurrection du Sauveur, fragment d'un mystère inédit, publié, pour la première fois, avec une introduction en regard, par A. Jubinal, d'après le ms. unique de la bibl. du roi. *Paris, Techener*, 1834, in-8, br.

Tiré à petit nombre. Le prologue de ce mystère (XIIᵉ-XIIIᵉ siècle) a seul été conservé; mais aux détails compliqués de la mise en scène, on peut juger que la pièce était longue et la représentation soignée.

558. Le Mystère de la vie et hystoire de monseigneur sainct Martin, lequel fut archeuesque de Tours... a cinquâte et trois persônages, in-16, caract. goth.

Réimpression faite en 1841, formant la 12ᵉ livraison de la *Collection des poètes*, publiée chez Silvestre, et due aux soins de M. Doublet de Boisthibault. Tiré à petit nombre.

559. Le Mystère de la vie et hystoire de monseigneur sainct Martin, lequel fut archeuesque de Tours... a cinquâte et trois persônages, in-16, caract. goth.

560. Miracle de monseigneur sainct Nicolas : dung juif qui presta cent escus a ung crestien, à XVIII personnaiges. Cy fine le présent livre nouvellement imprime à Paris par la veufve feu Jehan Treperel et Jehan Jehannot... in-16, caract. goth. br.

Réimpression faite, en 1858, pour Baillieu, libraire à Paris.

561. Li Jus saint Nicolai, par Jehan Bodel. La Vie monsignour saint Nicholai. — De sancto Nicholao *alias* li livres de saint Nicholoy. — Extrait du livre intitulé : Li establissement des mestiers de Paris. Publié par la Société des bibliophiles français. *(Typ. de Firmin Didot)*, 1834, 2 parties in-8, br.

Provenant de la bibliothèque de M. de Monmerqué, qui a fait plusieurs corrections manuscrites.

562. La Vie et Passion de Monseigneur Sainct Didier, martir et évesque de Lengres, jouée en la dicte cité l'an mil cccc IIII$^{xx}$ et deux, composée par Maistre Guillaume Flamang, publiée pour la première fois d'après le ms. unique de la bibl. de Chaumont, avec une introduction, par J. Carnaudet. *Paris, Techener*, 1855, in-8, br.

563. Mystère de Saint Crespin et Saint Crespinien, publié pour la première fois, d'après un ms. conservé aux archives du royaume, par L. Dessalles et P. Chabaille. *Paris, Silvestre*, 1836, in-8, br.

Tiré à 200 exemplaires numérotés.

564. Le Mystère de St Clément, publié par Ch. Abel, d'après un ms. de la bibl. de Metz. *Metz, Rousseau-Pallez*, 1861, in-4 à 2 col. papier vergé, titre-front., gr., texte encadré de fil. r.

Tiré à 141 exemplaires.
Très rare. La plus grande partie de l'édition a péri dans l'incendie de la maison Rousseau-Pallez.

565. Miracle de Nostre Dame, d' Berthe fème du roy Pepin q ly fu changee et puis la retrouva. Et est a. XXXII pesônaiges. *Paris, Silvestre*, 1839, in-16, goth., br.

566. Miracle de Nostre Dame, de la marqse de la Gaudine qui par laccusemēt de loncle de son mari auql son mari lauoit cômise a garder fu condampnée a ardoir, etc. Et est le dict miracle a. XVII persônaiges. *Paris, Silvestre*, 1841, in-16, goth. br.

567. Miracle de Nostre Dame, de Robert le Dyable, filz du duc de Normendie, a qui il fu enjoint pour ses meffaiz qu'il féist le fol sans parler, etc.; publié, pour la première fois, d'après un ms. du XIV$^{e}$ siècle, de la bibl. du roi. *Rouen, Ed. Frère*, 1836, in-8, d.-rel.

568. Le Mystère de Robert le Diable, mis en deux parties, avec transcription en vers modernes, en regard du texte du XIV$^{e}$ siècle, et précédé d'une introduction, par Ed. Fournier. *Paris, Dentu*, s. d., pet. in-8, br.

569. Miracle de Nostre Dame, de Saint Jehan Chrisothomes et de Anthure, sa mère, publié pour la première fois par C. Wahlund. *Stockholm*, 1875, in-8, br.

570. Un Miracle de Nostre Dame, d'un enfant qui fu donné au dyable quant il fu engendré, publié par A. de Keller. *Tubingen, Fr. Fues*, 1865, in-4, br.

Rare.

571. Miracles de Nostre Dame par personnages, publiés d'après le ms. de la bibl. nat., par G. Paris et U. Robert. *Paris, Didot*, 1876-1883, 7 vol. in-8.

Publication de la Société des Anciens Textes Français.

572. Le Mistère du Viel Testament, publié, avec introduction, notes et glossaire, par le baron James de Rothschild. *Paris, Firmin Didot*, 1878-1882, 4 vol. in-8, perc.

573. L'Istoire de la Destruction de Troye la Grande, translatée de latin en francoys, mise par personnages et composée par Maistre Jacques Milet, lan mil quatre cens cinquante... et imprimée à Paris, par Jehan Bonhomme... l'an mil quatre cens quatre vingts et quatre. Reproduction autographique, due aux soins de M. E. Stengel. *Marburg et Leipzig*; *Paris, Le Soudier*, 1883, in-4. cart.

574. Le Mystère de la Passion d'Arnoul Greban, publié d'après les mss. de Paris, avec une introduction et un glossaire, par G. Paris et G. Raynaud. *Paris, Vieweg*, gr. in-8, br.

575. Notice sur Arnoul et Simon Gréban, auteurs des Mystères des Actes des Apôtres et de la Passion, par Alex. Sorel. *Compiègne, Edler*, 1875, gr. in-8, br.

Tiré à 104 exemplaires.

576. Le Cry et Proclamation publicque pour jouer le Mistere des Actes des Apostres en la ville de Paris : faict le jeudy seiziesme jour de Decembre lan mil cinq cens quarante, etc. (*Paris, Pinard*, 1830), pet. in-8, br.

Réimpression figurée, tirée à 42 exemplaires.

577. Le Mistere du Siège d'Orléans, publié pour la première fois, d'après le ms. unique conservé à la bibl. du Vatican, par F. Guessard et E. de Certain. *Paris, impr. Imp.*, 1862, in-4, cart.

578. Choix de Farces, soties et moralités des xv<sup>e</sup> et xvi<sup>e</sup> siècles, recueillies sur les mss. originaux et publiées par Em. Mabille. *Nice, J. Gay*, 1873, 2 vol. in-16, br.

Epuisé et très rare.

579. Recueil de Farces, soties et moralités du xv<sup>e</sup> siècle, réunies pour la première fois et publiées, avec des notices et des notes, par P. L. Jacob. *Paris, Delahays*, 1859, in-16, br.

580. Nouveau Recueil de Farces Françaises des xv<sup>e</sup> et xvi<sup>e</sup> siècles, publié, d'après un volume unique appartenant à la bibl. royale de Copenhague, par Em. Picot et Chr. Nyrop : *Paris, D. Morgand et Ch. Fatout*, 1880, in-16, br.

581. Maistre Pierre Patelin, texte revu sur les manuscrits et les plus anciennes éditions, avec une introdution et des notes, par F. Génin. *Paris, Chamerot*, 1854, in-4, perc., tête dor.

Tiré à petit nombre et épuisé depuis longtemps.

582. Maistre Pierre Pathelin, suivi du Nouveau Pathelin et du Testament de Pathelin. farces du xv<sup>e</sup> siècle. Nouvelle édition, avec des notices et des notes, par P. L. Jacob. *Paris, A. Delahays*, 1859, in-18, d.-rel., tête dor.

583. La Farce de maistre Pierre Pathelin, précédée d'un recueil de monuments de l'ancienne langue française depuis son origine jusqu'à l'an 1500, avec une introduction, par M. Geoffroy-Château. *Paris, Amyot*, 1853, in-16, d.-rel. dos et c.

584. La Diablerie de Chaumont, ou Recherches historiques sur le grand pardon de cette ville et sur les bizarres cérémonies et représentations à personnages auxquelles cette solennité a donné lieu depuis le xv<sup>e</sup> siècle, contenant les Mystères de la nativité, de la vie et de la mort de M. saint Jean-Baptiste, par Em. Jolibois. *Chaumont, Miot; Paris, Techener*, 1838, in-8, br.

585. Moralité de la vendition de Joseph, à 49 personnages. *Paris, Silvestre*, 1835, pet. in-fol. format d'agenda.

Réimpression *fac-simile*, tirée à 90 exemplaires numérotés.

586. Moralité de Mundus, Caro, Demonia, à cinq personnages. Farce des deux Savetiers, à trois personnages. *Paris, Silvestre*, 1838, pet. in-fol. format d'agenda.

Réimpression *fac-simile*, tirée à 90 exemplaires numérotés.

587. Le Pâté et la Tarte, farce du xv<sup>e</sup> siècle, mise en langage moderne par L. Pannier. *Saint-Prix*, 1875, in-32, br.

588. Œuvres complètes de P. Corneille, nouvelle édition, revue et annotée par J. Taschereau. *Paris, Jannet*, 1857, 2 vol. in-16. (Bibl. Elzév.)

589. Hilarii versus et ludi (publ. par Champollion-Figeac). *Paris, Techener*, s. d. (1838) pet. in-8, br.

Ce recueil des œuvres d'un disciple d'Abélard comprend, entre autres pièces, deux Mystères : la Résurrection de Lazare et Saint-Nicolas, où des refrains en français sont mêlés aux vers latins.

IV. — FICTIONS EN PROSE : *Romans, contes et nouvelles, Facéties.*

590. St. Patrick's Purgatory; an essay on the legends of Purgatory, Hell, and Paradise current during the middle ages. By Th. Wright. *London, John Russel Smith*, 1844, in-8, cart.

591. Li Purgatoire de Saint Patrice; Légende du xiii<sup>e</sup> siècle, publiée d'après un manuscrit de la Bibliothèque de Reims (publ. par P. Tarbé). *Reims, impr. de L. Jacquet*, 1842, in-16, br.

592. L'Elite des contes du sieur d'Ouville, avec introduction et notes, par P. Ristelhuber. *Paris, Lemerre*, 1876, in-12 écu, br.

Epuisé.

593. Les Cent nouvelles nouvelles, publiées d'après le seul manuscrit connu, avec introduction et notes, par Th. Wright. *Paris, P. Jannet*, 1858, in-12 (Bibl. elzev.)

594. Nouvelles Françoises en prose du xiii<sup>e</sup> siècle, publiées d'après les mss., avec une introduction et des notes, par L. Moland et C. d'Héricault. *Paris, P. Jannet*, 1856, in-12 (Bibl. Elzev.)

595. Nouvelles Françoises en prose du xiv<sup>e</sup> siècle, publiées d'après les mss., avec une introduction et des notes, par L. Moland et C. d'Héricault. *Paris, P. Jannet*, 1858, in-12 (Bibl. Elzev.)

596. Œuvres de Rabelais, collationnées pour la première fois sur les éditions originales, accompagnées d'un commentaire nouveau, par MM. Burgaud des Marets et Rathery. Seconde édition. *Paris, Didot*, 1872-73, 2 vol. in-8, d.-rel., dos et coins en maroq. bleu.

597. Œuvres de Rabelais, édition conforme aux derniers textes revus par l'auteur, avec les variantes de toutes les éditions originales, une notice, des notes et un glossaire. *Paris, Lemerre*, 1873-74, 7 vol. in-16, toile bleue.

598. Le Diable boiteux par Le Sage, illustré par Tony Johannot, précédé d'une notice par Jules Janin. *Paris, Bourdin*, 1842, gr. in-8, d.-rel. dos et coins en mar.

599. Œuvres facétieuses de Noël du Fail, seigneur de la Herissaye, gentilhomme breton, revues sur les éditions originales et accompagnées d'une introduction, de Notes et d'un index philologique, historique et anecdotique, par J. Assézat. *Paris, Daffis*, 1874, 2 vol. in-12 (Bibl. Elzev.)

600. Le Débat des hérauts d'armes de France et d'Angleterre, suivi de The debate between the heralds of England and France by John Coke, édition commencée par L. Pannier et achevée par P. Meyer. *Paris, Didot*, 1877, in-8, cart.

Publication de la Société des anciens textes français.

601. Les Facétieuses nuits de Straparole, traduites par Jean Louveau et Pierre de Larivey. *Paris, P. Jannet*, 1857, 2 vol. in-12. (Bibl. Elzev.)

Edition la meilleure que nous ayons de la traduction française de ces Facétieuses nuits.

602. Les Quinzes joyes de mariage, nouvelle édition conforme au manuscrit de la Bibliothèque publique de Rouen, avec les variantes des anciennes éditions, une notice bibliographique et des notes. *Paris, Jannet*, 1853, in-16. (Bibl. elzevirienne).

Edition la meilleure et la plus complète de cette ingénieuse facétie.

603. Chefs-d'œuvre des conteurs français avant La Fontaine, 1050-1650, avec une introduction, des notes historiques et littéraires et un index, par Ch. Louandre. *Paris, Charpentier*, 1873, in-12, br.

604. Le Roman du roi Flore et de la belle Jeanne, publié pour la première fois, d'après un manuscrit de la Bibliothèque royale, par Francisque Michel. *Paris, Techener*, 1838, in-16, dem.-rel., pap. de Hollande.

Tiré à petit nombre.

605. Le Romant de Jehan de Paris, roy de France, revu pour la première fois sur deux manuscrits de la fin du XV^e siècle par A. de Montaiglon. *Paris, A. Lemerre*, 1874, in-16.

606. Les Pastorales de Longus ou Daphnis et Chloé, traduction d'Amyot, revue et complétée par P.-L. Courier. Nouvelle édition, accompagnée d'un glossaire des mots difficiles, par P. Jannet. *Paris, Lemerre*, 1873, in-16, couv. bleue.

607. La Comtesse de Ponthieu, roman de Chevalerie inédit, publié avec introduction et traduction par A. Delvau (tiré d'un manuscrit du XIII^e siècle appartenant à la Bibliothèque nationale). *Paris, Bachelin-Deflorenne*, 1865, in-8, rel. cuir de Russie.

Très rare.

608. Le Bestiaire d'amour par Richard de Fournival, suivi de la réponse de la dame, publiés pour la première fois, d'après le ms. de la Bibliothèque impériale, par C. Hippeau. *Paris, Aubry*, 1860, in-8, br., 48 vignettes gravées sur bois.

Épuisé.

609. Le Saint-Graal ou le Joseph d'Arimathie, première branche des Romans de la Table ronde, publiée d'après des textes et des documents inédits par E. Hucher. *Au Mans*, 1875-78, 3 vol. in-18, br.

610. Histoire pitoyable du prince Erastus, fils de Dioclétion empereur de Romme, traduite d'Italien en François, et nouvellement recorrigée. *Lyon, Hugues Gazïau*, 1584, in-32, rel.

611. Disciplina clericalis: Discipline de Clergie; traduction (en prose) de l'ouvrage de Pierre Alphonse. — Le Chastoiement d'un père à son fils, traduction en vers français du même ouvrage. *Paris, Rignoux*, 1824, 2 part. pet. in-8, br.

Rare.

612. Deux Rédactions du roman des Sept Sages de Rome, publiées par Gaston Paris. *Paris, Didot*, 1876, in-8, rel. en perc. br., non rog.

Publication de la Société des anciens textes français.

---

# HISTOIRE

## A. — HISTOIRE DE FRANCE. — HISTOIRE ÉTRANGÈRE MÉLANGES

613. Histoire des vicomtes et de la vicomté de Limoges, par F. Marvaud. *Paris, J.-B. Dumoulin*, 1873, 2 vol. in-8, br.

614. Chronique de Du Guesclin, collationnée sur l'édition originale du xv$^{e}$ siècle, et sur tous les manuscrits, avec une notice bibliographique et des notes, par Fr. Michel. *Paris, imprimerie de Béthune*, 1830, in-16, br.

Rare.

615. La France de saint Louis, d'après la poésie nationale, par Ed. Sayous. *Paris, Durand*, 1866, in-8, cart.

616. Jean, Sire de Joinville; Histoire de Saint Louis, credo et lettre à Louis X, texte original, accompagné d'une traduction, par M. Natalis de Wailly. *Paris, Didot*, 1874, gr. in-8, tête dorée, dos et coins en maroq.

617. Mémoires de Jean, Sire de Joinville, ou Histoire et chronique du très chrétien roi Saint Louis, publiés par Francisque Michel, précédés de dissertations par A. F. Didot et d'une notice sur les manuscrits du sire de Joinville par Paulin Paris. *Paris, Didot*, 1858, gr. in-18, br.

618. Les Mémoires historiques de la République Séquanoise et des princes de la Franche-Comté de Bourgogne, par M. Loys Gollut; nouvelle édition, corrigée sur les documents contemporains, etc. par M. Ch. Duvernoy, accompagnée de tables méthodiques, etc. précédée d'une notice biographique sur l'Auteur, par Emm. Bousson de Mairet. *Arbois, A. Javel*, 1846, gr. in-8, d.-rel.

619. L'Histoire de France, depuis les temps les plus reculés jusqu'en 1789, racontée à mes petits-enfants, par M. Guizot. *Paris, Hachette*, 1873-76, 5 vol., gr. in-8, d.-rel., tête dor.

Figures de Neuville.

620. Notes et Documents relatifs à Jean, Roi de France, et à sa captivité en Angleterre, (par H. d'Orléans), s. lieu ni date, in-8, br.

Tiré à quelques exemplaires non mis dans le commerce. Très rare. On trouve dans ce travail une partie du poème de Gace de La Buigne, se rapportant à la vénerie.

621. Choix de chroniques et mémoires sur l'Histoire de France, avec notices biographiques, par J. A. C. Buchon. Œuvres historiques inédites de sire George Chastellain. *Paris, A. Desrez*, 1837, gr in-8, d.-rel.

622. Gérard de Roussillon, récit du IX^e siècle, d'après les textes originaux et les dernières découvertes faites en Franche-Comté, par M. Ed. Clerc. *Paris, Aubry*, 1869, in-8, br.

623. La Champagne encore inconnue. Documents curieux et inédits publiés par A. Assier. *Paris*, 1876, 2 vol. in-8, br.

624. Ce qu'on apprenait aux foires de Troyes et de la Champagne au XIII^e siècle, suivi d'une notice historique sur les Foires de la Champagne et de la Brie, par Alex. Assier. *Paris, Aubry*, 1858, in-16, d.-rel.

625. La Chronique de Rains, publiée sur le manuscrit unique de la Bibliothèque du Roi; par Louis Paris. *Paris, Techener*, 1838, pet. in-8, cart.

626. Chronique du Mont-Saint-Michel (1343-1468), publiée par Siméon Luce. *Paris, Didot*, 1879-83, 2 vol. in-8, cart.

Publication de la Société des anciens Textes Français.

627. Le Saint voyage de Jhérusalem du Seigneur d'Anglure, publié par Fr. Bonnardot et A. Longnon. *Paris, Didot*, 1878, in-8, cart.

Publication de la Société des anciens Textes Français.

628. Chronique des quatre premiers Valois (1327-1393), publiée pour la première fois, pour la Société de l'Histoire de France, par Siméon Luce. *Paris, V^e J. Renouard*, 1862, gr. in-8, d.-rel.

629. Mémoires de Marguerite de Valois, suivis des anecdotes inédites de l'Histoire de France pendant les XVI^e et XVII^e siècles, etc. publiés avec notes par L. Lalanne. *Paris, P. Jannet*, 1858, in-12, (Bibl. Elzev.)

630. Mémoires sur l'ancienne Chevalerie par La Curne de Sainte-Palaye, avec une introduction et des notes historiques par Ch. Nodier. *Paris, Girard*, 1826, 2 vol. in-8, br.

Edition recherchée et peu commune. Le tome II contient le « Vœu du héron », poème composé vers 1338, ainsi qu'une analyse et des citations du poème de Gace de la Buigne sur la fauconnerie et sur la vénerie.

631. Broceliande, ses chevaliers et quelques légendes, recherches publiées par l'éditeur de plusieurs opuscules Bretons (baron Dulaya). *Rennes, J. M. Vatar*, 1839. gr. in-8.

Tiré à petit nombre.

Cet ouvrage singulier, moitié roman, moitié histoire, contient d'intéressants détails sur l'ancienne chevalerie de la Bretagne et sur les croyances superstitieus répandues en cette province au moyen âge.

632. Paris et ses historiens aux xivᵉ et xvᵉ siècles, documents et écrits originaux, recueillis et commentés par Le Roux de Lincy et L.-M. Tisserand. *Paris, impr. impér.*, 1867, gr. in-4.

633. Cérémonies des gages de bataille, selon les constitutions du bon roi Philippe de France, représentées en onze figures, etc., publiées, d'après le ms. de la Bibl. du Roi, par G.-A. Crapelet. *Paris, impr. de Crapelet*, 1830, gr. in-8, cart.

634. Les Croniques de la noble ville et cité de Metz, par Jean le Chatelain, réimprimées pour la première fois et précédées de notes bibliographiques par F.-M. Chabert. *Paris, Rousseau-Pallez*, 1856, in-16, br.

Rare.

635. La Vie au temps des trouvères, croyances, usages et mœurs intimes des xiᵉ, xiiᵉ et xiiiᵉ siècles, d'après les chroniques, dits et fabliaux, par A. Méray. *Paris, Claudin*, 1873, in-12, br.

636. La Vie au temps des cours d'amour, croyances, usages et mœurs intimes des xiᵉ, xiiᵉ et xiiiᵉ siècles, d'après les chroniques, gestes, jeux-partis et fabliaux, par A. Méray. *Paris, Claudin*, 1876, pet. in-8 écu, br.

637. L'Hôtel de Cluny au moyen âge, par Mᵐᵉ de Saint-Surin, suivi des Contenances de table et autres poésies inédites des xvᵉ et xviᵉ siècles. *Paris, Techener*, 1835, in-12, d.-rel.

638. Dictionnaire historique de la France, par L. Lalanne. *Paris, Hachette*, 1872, fort vol. in-8, rel.

639. Histoire de la conquête d'Angleterre par les Normands, par Augustin Thierry. *Paris, Furne et Cᵉ*, 1860, 4 vol. — Lettres sur l'histoire de France, par le même. *Paris, Furne et Cᵉ*, 1860, 1 vol. — Dix ans d'études historiques, par le même. *Paris, Furne et Cᵉ*, 1856, 1 vol. — Récits des temps Mérovégiens, par le même, *Paris, Furne et Cᵉ*, 1864, 2 vol. — Histoire du Tiers-Etat, par le même. *Paris, Furne et Cᵉ*, 1856, 2 vol. Ensemble 10 vol. in-12, dem.-rel.

640. Chroniques anglo-normandes. Recueil d'extraits et d'écrits relatifs à l'Histoire de Normandie et d'Angleterre, pendant les xiᵉ et xiiᵉ siècles; publié pour la première fois, d'après les manuscrits de Londres, de Cambridge, etc., par Francisque Michel. *Rouen. Ed. Frère*, 1836-40, 3 vol. in-8, br.

641. Histoire des ducs de Normandie et des rois d'Angleterre, publiée en entier pour la première fois, suivie de la relation du tournoi de Ham, par Sarrazin, trouvère du xiiiᵉ siècle, et précédée d'une introduction, par Francisque Michel. *Paris, J. Renouard*, 1840, gr. in-8, d.-rel.

Epuisé.

642. Nouvelle histoire de Normandie, terminée par les Amours d'Arleitte, extraits à Londres d'un poème du XII^e siècle par Beneois de Sainte-More. *Versailles, J.-P. Jalabert*, 1814, in-8 br.

643. Lettres de Henry VIII à Anne Boleyn, avec la traduction, précédées d'une notice historique. *Paris, impr. de Crapelet*, s. d. (1826) gr. in-8, cart. 2 portraits.

643 *bis*. Lettres de M. G. Peignot à M. C.-N. Amanton, sur l'ouvrage intitulé : Lettres de Henri VIII à Anne Boleyn, publié par M. Crapelet (Extrait du *Journal de Dijon*, 1826), in-8 br.

644. Recherches sur les habitants primitifs de l'Espagne, à l'aide de la langue basque, par Guillaume de Humbolt; traduit de l'allemand par M. A. Marrast. *Paris, Franck*, 1866, gr. in-8 br.

Rare.

645. La Conquête de Constantinople, par Geoffroi de Ville-Hardouin, avec la continuation de Henri de Valenciennes, texte original accompagné d'une traduction par M. Natalis de Wailly. *Paris, Didot*, 1872, gr. in-8, dos et coins en maroquin, tête dorée.

646. Le Livre des Légendes, par Le Roux de Lincy. Introduction. *Paris, Silvestre*, 1836, in-8 br.

647. Essai sur les Enervés de Jumièges et sur quelques décorations singulières des églises de cette abbaye, suivi du Miracle de Sainte Bautheuch, publié pour la première foie, par E.-H. Langlois. *Rouen, Ed. Frère*, 1838, in-8, br.

648. Les Avantures du baron Fœneste, par Théodore Agrippa d'Aubigné. Nouvelle édition, augmentée de plusieurs remarques historiques, de l'histoire secrète de l'auteur, écrite par lui-même, et de la Bibliothèque de M^e Guillaume, enrichie de notes par M*** (Le Duchat). *Amsterdam (Paris, Jacq. Guerin)*, 1731, 2 vol. in-12, rel.

## *B.* — HISTOIRE LITTÉRAIRE

649. Histoire des révolutions de l'esprit Français, de la langue et de la littérature Française au moyen âge, ouvrage posthume de F.-D. Bancel, avec préface par A. Méray. *Paris, Claudin*, 1878, in-12, br.

650. Etudes sur quelques points d'Archéologie et d'Histoire littéraire, par M. E. Duméril. *Paris, Franck*, 1862, in-8, br.

651. Les Epopées Françaises, étude sur les origines et l'histoire de la littérature nationale, par Léon Gautier. *Paris, V. Palmé*, 1865-67-68, 3 vol. in-8, dem. rel.

652. Les Epopées Françaises, étude sur les origines et l'histoire de la littérature nationale, par Léon Gautier. Seconde édition, entièrement refondue. *Paris, V. Palmé*, t. I (1878), t. III (1880), t. IV (1882), 3 vol. in-8, br. Les seuls parus.

653. Bibliothèque Françoise ou Histoire de la littérature Françoise, par l'abbé Goujet. *Paris, H. L. Guérin*, 1740-56, 18 vol. rel.

654. Le Salut d'amour dans les littératures provençale et française; mémoire suivi de huit Saluts inédits, par Paul Meyer. *Paris, Franck*, 1867, in-8, br.

655. Essai historique et littéraire sur l'abbaye de Fécamp, par Leroux de Lincy. *Rouen, Ed. Frère*, 1840, in-8, d.-rel.

656. Essais historiques sur les bardes, les jongleurs et les trouvères normands et anglo-normands, par M. l'abbé de La Rue. *Caen, Mancel*, 1834, 3 vol. in-8, br.

657. Véland le forgeron. Dissertation sur une tradition du moyen âge, par G. B. Depping et Francisque Michel. *Paris, Didot*, 1833, in-8, br.

Tiré à petit nombre.

658. Histoire littéraire de la France, ouvrage commencé par des religieux Bénédictins de la congrégation de Saint-Maur et continué par des membres de l'Institut. *Paris, Didot*, tom. XXII, XXIII, XXIV, XXV, XXVI, cart. et XXVII, XXVIII, br., ensemble 7 vol. in-4.

659. Histoire littéraire de la France au XIV^e^ siècle. Discours sur l'état des Lettres, par V. Le Clerc. Discours sur l'état des Beaux-arts, par E. Renan. *Paris, Michel Levy*, 1865, 2 vol. gr. in-8, br.

660. Les Sociétés badines, bachiques, littéraires et chantantes, leur histoire et leurs travaux, ouvrage posthume de M. A. Dinaux, revu et classé par M. G. Brunet. *Paris, Bachelin-Deflorenne*, 1867, 2 vol. in-8, d.-rel. dos et coins en maroq. Portrait par Staal.

661. Histoire de la langue et de la littérature Françaises au moyen âge, d'après les travaux les plus récents, par Ch. Aubertin. *Paris, Belin*, 1876-78, 2 vol. in-8, br.

662. Discours sur l'état des Lettres au XIII^e^ siècle, par Daunou, précédé d'une notice, par M. Guérard. *Paris, Ducrocq*, s. d. in-8, br., portrait.

663. Influence de l'Italie sur les lettres Françaises, depuis le XIII^e^ siècle jusqu'au règne de Louis XIV, par E. J. B. Rathery. *Paris, Didot*, 1853, in-8, br.

664. Précis de l'Histoire de la littérature Française, depuis ses premiers moments jusqu'à nos jours, par D. Nisard. Nouvelle édition. *Paris, Didot*, 1880, in-18, br.

665. Tableau historique de l'état et des progrès de la littérature Féançaise, depuis 1789; par M.-J. de Chénier. Nouvelle édition, revue sur les manuscrits. *Paris, Ledentu*, 1835, in-8, d.-rel.

666. Relation contenant l'Histoire de l'Académie Françoise, par M. P. (ellisson). Seconde édition. *Jouxte la Copie, imprimée à Paris, chez Auguste Courbé*, 1671, pet. in-12, couverture en parchemin.

Jolie édition imprimée en Hollande et qui se joint à la collection des Elseviers. Hauteur : 131 millim.

667. La Satire en France au moyen âge, par C. Lenient. *Paris, Hachette*, 1859, in-18, cart.

668. Origines littéraires de la France. La Légende et le Roman. — Le Théâtre. — La Prédication. — L'Antiquité et le Moyen âge. — Le Moyen âge et la Littérature moderne, par L. Moland. *Paris, Didier*, 1863, in-18, d.-rel.

Epuisé.

669. Essais d'Histoire littéraire, par Eug. Geruzez. Seconde édition, revue et augmentée. 1re série. — Moyen âge. — Renaissance. 2e série. — Temps modernes. *Paris, Garnier*, 1853, 2 vol. in-18, d.-rel.

670. Essais d'Histoire littéraire, par Eug. Geruzez. Seconde édition, revue et augmentée. 1re série. — Moyen âge. — Renaissance. *Paris, Garnier*, 1853, 1 vol. in-18, dem. rel.

671. Histoire de la littérature française, depuis ses origines jusqu'à la Révolution, par Eug. Geruzez. 10e édition. *Paris, Didier*, 1874, 2 vol. in-18, d.-rel. — Histoire de la littérature française pendant la Révolution 1789-1800, par E. Geruzez, 4e édition. *Paris, Charpentier*, 1866, 1 vol. in-18; ensemble, 3 vol.

672. Anciennes traductions françaises de la Consolation de Boëce, conservées à la Bibl. Nat. Notice par L. Delisle. *Paris (Impr. de A. Gouverneur, à Nogent-le-Rotrou)*, 1873, in-8, br.

673. Histoire poétique de Charlemagne, par Gaston Paris. *Paris, Franck*, 1865, gr. in-8, br.

Epuisé. Très rare.

674. Den oldfranske Heltedigtning. Histoire de l'Epopée française au moyen âge, accompagnée d'une bibliographie détaillée, publiée par C. Nyrop, *Copenhague*, 1883, in-8, br.

675. The latin poems commonly attributed to Walter Mapes, collected and edited by Th. Wright. *London, printed for the Camden Society*, 1841, in-4, cart.

676. Les Fabulistes latins, depuis le siècle d'Auguste jusqu'à la fin du moyen âge, par L. Hervieux. *Paris, Didot*, 1884, 2 forts vol. in-8, br.

677. Etudes sur la littérature grecque moderne. Imitations en grec de nos romans de chevalerie depuis le XIIe siècle, par M. Ch. Gidel. *Paris, impr. imp.*, 1866, gr. in-8, br.

Ouvrage couronné par l'Institut.

678. Histoire de la littérature anglaise, par H. Taine. Troisième édition, revue et augmentée. *Paris, Hachette*, 1873-74, 5 vol. in-16, br.

679. Tristan et Iseult, poème de Gotfrit de Strasbourg, comparé à d'autres poèmes sur le même sujet, par A. Bossert. *Paris, Frank*, 1865, in-8, br.

680. Histoire de la poésie Scandivave. Prolégomènes, par Ed. Duméril *Paris, Brockaus et Avenarius*, 1839, in-8, d.-rel.

## C. — BIOGRAPHIE. — BIBLIOGRAPHIE

681. Galfridi de Monumeta vita Merlini. Vie de Merlin, attribuée à Geoffroy de Monmouth, suivie des prophéties de ce barde, publiées, d'après les manuscrits de Londres, par Fr. Michel et Th. Wright. *Paris, Didot*, 1837, gr. in-8, dem.-rel.

682. Etude sur Alain Chartier, par D. Delaunay. *Paris, Thorin*, 1876, in-8, br.

683. Les Chartier. Recherches sur Guillaume, Alain et Jean Chartier, par G. Du Fresne de Beaucourt. *Caen, Le Blanc-Hardel*, 1869, in-4, br.

Non mis dans le commerce.

684. Jean Priorat de Besançon, poète Français de la fin du XIIIe siècle (Exttrait de la « Bibliothèque de l'Ecole des Chartes », t. XXXVI). *Nogent-le-Rotrou, impr. de A Gouverneur*, s. d., in-8, 15 p., br.

685. Biographia Britannica literaria; or Biography of literary characters of Great Britain and Ireland, arranged in chronological order, by Th. Wright; anglo-saxon Period, *London, Parker*, 1842, 1 vol.; anglo-norman Period, *London, Parker*, 1846, 1 vol. Ensemble, 2 vol., in-8, cart.

686. Poètes normands, portraits gravés, d'après les originaux les plus authentiques, par Ch. Devrits, notices bibliographiques, par MM. P. F. Tissot, J. Janin, J.-F. Destigny (de Caen), etc., publiées sous la direction de L. H. Baratte. *Paris, Lacrampe*, s. d. (1846), gr. in-8, d.-rel.

Ce recueil, annoncé dans le prospectus sous le titre de : « Les Normands illustres », contient trente-deux notices. Il n'a pas eu de suite.

687. André de Coutances, trouvère du XIIIe siècle. Etude littéraire sur son temps et son œuvre, par Ch. Lebreton. *Avranches*, 1868, in-8, br.

688. Renaut de Louens, poète franc-contois du XIVe siècle, par A. Vayssière. *Paris, V. Goupy*, 1873, in-8, br.

689. Essai sur la vie et les ouvrages du P. Daire, par M. de Cayrol, avec les épitres farcies, telles qu'on les chantait dans les églises d'Amiens au XIIIe siècle, publiées pour la première fois par M. M.-J. R. (igollot). *Amiens*, 1838, in-8, br.

690. Les Grands poètes français, notices biographiques, littérraires et bibliographiques, choix de morceaux, par A. Pagès. Portraits authentiques, autographes, frontispices, etc. Deuxième édition, revue, corrigée et augmentée. *Paris, Fischbacher*, 1883, gr. in-8, br.

691. Nouvelle Biographie générale, depuis les temps les plus reculés jusqu'à nos jours, publiée par MM. Didot frères, sous la direction de M. le Dr Hoefer. *Paris, Firmin-Didot*, 1862-1866, 46 vol. in-8, br.

Collection complète.

692. Bibliographie des chansons, fabliaux, contes en vers et en prose, facéties, pièces comiques et burlesques, dissertations singulières, aventures galantes, amoureuses et prodigieuses, ayant fait partie de la collection de M. Viollet-Leduc, avec des notes biographiques et littéraires. Nouvelle édition, augmentée d'un avant-propos, par A. Meray. *Paris, Claudin*, 1859, in-8, dem.-rel.

693. Mélanges de Paléographie et de Bibliographie, par Léopold Delisle. *Paris, Champion*, 1880, gr. in-8, br.

694. La Bibliomanie en 1878, bibliographie rétrospective des adjudications les plus remarquables faites cette année, et de la valeur primitive de ces ouvrages, par Philomneste Junior. *Bruxelles, Gay et Douce*, 1878, pet. in-8, br.

695. Inventaire général et méthodique des Manuscrits français de la Bibliothèque nationale, par L. Delisle. *Paris, Champion*, 1876-1878, 2 vol. gr. in-8, br.

696. Uber eine altfranzösische Handschrift der K. universitätsbibliothek zu Pavia, bericht von A. Mussafia. *Wien*, 1870, gr. in-8, br.

697. Rapport à M. le Ministre de l'Instruction publique, sur les anciens monumens de l'histoire et de la littérature de la France, qui se trouvent dans les Bibliothèques de l'Angleterre, par Francisque Michel. *Paris, Silvestre*, 1835, in-8, br.

698. Rapports à M. le Ministre de l'Instruction publique, sur les anciens monuments de l'histoire et de la littérature de la France qui se trouvent dans les Bibliothèques de l'Angleterre et de l'Ecosse, par Francisque Michel. *Paris, impr. royale*, 1838, in-4, br.

699. Dictionnaire des Manuscrits, ou recueil de catalogues de manuscrits existants dans les principales bibliothèques d'Europe, etc., publié par l'abbé Migne. *Paris, J.-P. Migne*, 1853, 2 vol. in-4, d.-rel.

700. Les Manuscrits françois de la Bibliothèque du roi, leur histoire et celle des textes allemands, anglois, hollandois, italiens, espagnols, de la même collection, par P. Paris. *Paris, Techener*, 1836-1848, 7 vol. in-8, br.

701. Inventaire-sommaire des Manuscrits des bibliothèques de France dont les catalogues n'ont pas été imprimés, publié par U. Robert. *Paris, Picard*, 1879-1882, 3 fascicules in-8, br. — Le même, 3e fascicule. *Paris*, 1882, in-8, br. Ensemble 4 vol.

702. Etat des Inventaires-sommaires et des autres travaux relatifs aux diverses archives de la France, au 1er janvier 1875, par L. Pannier. *Paris, Champion*, 1875, in-8, br.

703. Lettres à M. le comte de Salvandy sur quelques-uns des manuscrits de la bibliothèque royale de La Haye, par A. Jubinal. *Paris, Didron*, 1846, in-8, br.

Tiré à 200 exemplaires. Rare.

704. Documents manuscrits de l'ancienne littérature de la France conservés dans les bibliothèques de la Grande-Bretagne. Rapports à M. le ministre de l'Instruction publique, par P. Meyer. Première partie. *Paris, Impr. nationale*, 1871, in-8, br.

705. Rapport à M. le ministre de l'Instruction publique, suivi de quelques pièces inédites tirées des manuscrits de la bibliothèque de Berne, par A. Jubinal. *Paris*, 1838, in-8, br.

706. Handschriftliche studien auf dem gebiete romanischer literatur des mittelalters. I. Untersuchungen ueber die *Vie des anciens pères*, von A. Weber. *Frauenfeld*, 1876, in-12, br.

707. Etat des Catalogues des manuscrits des bibliothèques de France, par U. Robert. *Paris, H. Menu*, 1877, in-8, br.

708. Notice et Extraits de deux manuscrits français de la Bibl. royale de Turin, par A. Scheler. *Bruxelles, Olivier*, 1867, in-8, br.

709. Notice sur quelques manuscrits d'Arras, par le vicomte d'Héricourt. (Extrait du t. XIII, n° 4, des Bulletins de la Commission royale d'histoire), in-8, de 20 pag., br.

710. Rapport à M. le Ministre des Travaux publics sur les Epopées françaises du XIIe siècle restées jusqu'à ce jour en manuscrits dans les bibliothèques du roi et de l'Arsenal, par Edgar Quinet. *Paris, Levrault*, 1831, in-12, br.

Rare.

711. Codicem manu scriptum Digby 86, in Bibliothecâ Bodleianâ asservatum, descripsit, excerpsit, illustravit E. Stengel. *Halis*, 1871, in-8, br.

712. Lettre au Directeur de l'Artiste, touchant le ms. de la Bibl. de Berne n° 354, perdu pendant vingt-huit ans, suivie de quelques pièces inédites du xiiie siècle relatives à divers métiers du moyen âge et tirées de ce ms., publiées par A. Jubinal. *Paris, Ed. Pannier*, 1838, in-8, br.

713. Dissertations sur quelques points curieux de l'Histoire de France et de l'histoire littéraire, par P. L. Jacob. — III. Sur la Bibliothèque historique de la France, par le P. Lelong. *Paris, Techener*, 1838, in-8, br. — VII. Sur les manuscrits relatifs à l'Histoire de France et à la littérature française, conservés dans les bibliothèques d'Italie. *Paris, Techener*, 1839, in-8, br. Ensemble 2 vol.

Tiré à 50 exemplaires.

714. Die Handschriften der geste des Lohérains, mit texten und varianten, von W. Victor. *Halle, Max Niemeyer*, 1876, in-8, br. — Inhalt und Hss. — Classification der chanson de geste Hervis de Mes, von H. Hub. *Heilbronn, Henninger*, 1879, in-8, br. Ensemble, 2 vol.

715. Anonyme auteur d'une histoire en vers d'Edouard le Confesseur, par Paulin Paris. *Impr. nat.*, 1874, in-4, br.

716. Mittheilungen aus französischen Handscriften der Turiner Universitats-Bibliothek, bereichert durch auszüge Handscriften anderer bibliotheken, besonders der national-Bibliothek zu Paris, von E. Stengel. *Halle, Max Niemeyer*, 1873, in-4, br.

717. Bibliographie des chansonniers français des xiiie et xive siècles, comprenant la description de tous les manuscrits, la table des chansons classées par ordre alphabétique de rimes et la liste des trouvères, par Gaston Raynaud. *Paris, Vieweg*, 1884, 2 vol. in-8, br.

718. Le même ouvrage.

719. Catalogue alphabétique des ouvrages mis à la libre disposition des lecteurs dans la salle de travail de la Bibliothèque nationale, département des imprimés. *Paris, Champion*, 1879, in-12, br.

720. Catalogue des livres en partie rares et précieux composant la bibliothèque de feu M. G. Duplessis. *Paris, L. Pothier*, 1856. On a relié à la suite : Catalogue des livres de la bibliothèque de feu M. Parison. *Paris, H. Labitte*, 1856, 1 vol. in-8, d.-rel.

721. Catalogue de la bibliothèque de feu M. Léopold Pannier. *Paris, Champion*, 1876, gr. in-8, pap. de Holl.

722. Bulletin mensuel de la librairie Morgand et Fatout. *Paris*, tome Ier (1876-78), n[os] 1 à 8, en 7 fascicules; tome II (1879-81) n[os] 9 à 13, en 5 fascicules; tome III (1883), n[os] 4 à 15, en 2 fascicules.

723. Bulletin mensuel de la librairie Morgand et Fatout. *Paris*, tome Ier (manque le fascicule n° 1).

724. Répertoire de la librairie Morgand et Fatout. *Paris, D. Morgand et Ch. Fatout*, 1878, in-8, br., de xvi et 384 pages.

725. Répertoire général de la librairie Morgand et Fatout. *Paris, D. Morgand et Ch. Fatout*, 1882, in-8, br., de 679 pages.

726. Manuel du libraire et de l'amateur de livres, par J.-Ch. Brunet. Cinquième édition originale entièrement refondue et augmentée d'un tiers par l'auteur. *Paris, Didot*, 1860-65, 6 vol. d.-rel., avec un autographe de Brunet.

Rare.

727. Manuel du libraire et de l'amateur de livres. Supplément par MM. P. Deschamps et G. Brunet. *Paris, Didot*, 1878-80, 2 vol. gr. in-8, br.

728. La France littéraire au xv^e siècle, ou Catalogue raisonné des ouvrages en tout genre imprimés en langue française jusqu'à l'an 1500, par Gustave Brunet. *Paris, Franck*, 1865, in-8, br.

L'un des deux exemplaires sur papier de Chine.

729. Catalogue de livres anciens et modernes, rares et curieux, de la librairie Auguste Fontaine. *Paris*, 1874, 1875, 1877, 1878-79, 4 forts vol. in-8, br.

730. Catalogue raisonné de la Bibliothèque elzevirienne, 1853-1867. *Paris, Franck*, 1867, in-16.

731. Les Œuvres de Baluze cataloguées et décrites par René Fage. *Tulle, Chauffon*, 1882, in-8, br.

732. Catalogue des livres manuscrits et imprimés composant la bibliothèque de M. A. Cigongne, précédé d'une notice bibliographique, par Leroux de Lincy, *Paris, Potier*, 1861, fort. vol. in-8, br.

733. Bibliographischer Anzeiger für romanische Sprachen und literaturen, (Revue bibliographique des langues et littératures romanes,) publ. par Em. Ebering. *Leipzig*, 1883-1885, 3 vol. en onze fascicules in-8, br.

734. Bibliothèque nationale. Catalogue des manuscrits français. *Paris. Didot*, 1868-1874, 2 vol. in-4, dem. rel.

## *D.* — RECUEILS. — REVUES. — MÉLANGES. — POLYGRAPHES

735. Les plus anciens monuments de la langue française, ix^e, x^e siècle, publiés avec un commentaire philologique. *Paris, Didot*, 1875, in-fol.

Publication de la Société des anciens textes français. Le commentaire annoncé sur la couverture n'a point paru. Epuisé.

736. Reliquiæ antiquæ. Scraps from ancient manuscripts illustrating chiefly early English literature and the English language. Edited by Th. Wright and J.-O. Halliwell. *London*, 1841-43, 2 tom. en 1 vol. in-8, d. rel.

737. Mélanges archéologiques et littéraires, par Ed. Duméril. *Paris, Franck*, 1850, in-8, br.

738. Mélanges archéologiques et littéraires, par Ed. Duméril. *Paris, Franck*, 1850, in-8, d. rel.

739. Recueil de rapports sur l'état des Lettres et les progrès des Sciences en France. Sciences historiques et philologiques. Progrès des études classiques et du moyen âge. Philologie celtique, numismatique. *Paris, impr. imp.* 1868, gr. in-8, br.

740. Frühlingsgabe für freunde älterer literatur, von Th. G. V. Karajan. *Wien*, 1839, in-12, br.

741. Chrestomathie de l'ancien français (IXe-XVe siècles) à l'usage des classes, précédée d'un tableau sommaire de la littérature française au moyen âge et suivie d'un glossaire étymologique détaillé, par L. Constans. *Paris, Wieweg*, 1884, in-8, br. — Supplément à la Chrestomathie de l'ancien français (IXe-XVe siècles), par L. Constans. *Paris, Wieweg*, 1886, in-8, br. Ensemble 2 vol.

742. Recueil de morceaux choisis en vieux français, par Eug. Ritter. *Genève*, 1878, in-16, br.

743. Choix d'anciens textes français, publié par Ed. Lidforss. *Lund* (Suède), 1877, in-4, br.

744. Chrestomathie de l'ancien français (VIIIe-XVe siècles), accompagnée d'une grammaire et d'un glossaire, par K. Bartsch. *Leipzig*, 1866, pet. in-4, br.

745. The political songs of England, from the reign of John to that of Edward II; edited and translated by Th. Wright. *London: printed for the Camden Society*, 1839, pet. in-4, perc.

746. Die Pseudo-Evangelien von Jesu und Maria's kindheit in der romanischen und germanischen literatur, mit mittheilungen aus Pariser und Londoner Handschriften versehen von R. Reinsch. *Halle, Max Niemeyer*, 1879, in-8, br.

747. Recueil d'anciens textes bas-latins, provençaux et français, accompagnés de deux glossaires et publiés par P. Meyer. 1re partie, bas-latin. Provençal. *Paris, Franck*, 1874, in-8, br. — 2e partie, ancien français. *Paris, Vieweg*, 1877, in-8, br. Ensemble, 2 vol.

748. Les plus anciens monuments de la langue française publiés pour les cours universitaires par E. Koschwitz. *Heilbronn, Henninger*, 1879, in-12, br.

749. Die ältesten französischen Sprachdenkmäler. Genauer abdruck und bibligraphie besorgt von E. Stengel. *Marburg*, 1884, in-8, br.

750. Anecdota literaria; a collection of short poems in englisch, latin and french, illustrative of the literature and history of England in the thirteenth century, etc.; edited from mss. at Oxford, London, Paris and Berne, by Th. Wright. *London*, 1844, in-8, cart.

751. Romanische inedita auf italiänischen Bibliotheken gesammelt, von P. Heyse. *Berlin*, 1856, in-8, br.

752. Altfranzösisches übungsbuch zum gebrauch bei vorlesungen und seminarübungen, herausgegeben von W. Foerster und E. Koschwitz. Erster theil : Die ältesten Sprachdenkmäler, mit einem fac-simile. *Heilbronn, Henninger*, 1884, gr. in-8, br.

753. Mariengebete französisch, portugiesisch, provenzalisch. *Halle, Max Niemeyer*, 1877, in-8, br.

754. Bibliotheca normannica. Denkmäler normannischer literatur und Sprache herausgegeben von H. Suchier. I. Reimpredigt. *Halle, Max Niemeyer*, 1879, in-8, br. II. Der Judenknabe. *Halle, Max Niemeyer*, 1879, in-8, br. Ensemble : 2 vol.

755. Die altfranzösischen Romane der St. Marcus bibliothek (Lat. et Ital. D. Marci biblioth. p. 257). Proben und Auszuge von Bekker. Extrait. *Berlin*, 1839, in-4, br.

756. Elnonensia. Monuments des langues romane et tudesque dans le IXe siècle, contenus dans un ms. de l'abbaye de St-Amand, conservé à la bibl. publique de Valenciennes, publiés par Hoffmann de Fallersleben, avec une introduction et des remarques, par J.-F. Willems. *Gand*, 1837, in-4, br.

Tiré à 120 exemplaires.

757. Zeitschrift fur Romanische philologie, herausgegeben von Dr Gustav Gröber. *Halle, Max Niemeyer*, 1877-85, 9 années complètes, gr. in-8, br. — Zeitschrift fur Romanische philologie, herausgegeben von Dr G. Gröber. *Halle, Max Niemeyer*, 1878-81, 5 suppléments de Bibliographie, in-8, br.

758. Giornale di filologia romanza, diretto da Ern. Monaci. *Roma, Loescher*, 1878-1880, 3 années complètes, gr. in-8, br.

759. Revue critique d'histoire et de littérature, recueil hebdomadaire publié sous la direction de MM. P. Meyer, Ch. Morel, J. Darmesteter, L. Havet, G. Monod, G. Paris, etc. *Paris*, 1866 à 1886, 41 vol. gr. in-8, br., ou en livraisons.

Collection complète.

760. Romania, recueil trimestriel, consacré à l'étude des langues et des littératures romanes, publié par Paul Meyer et Gaston Paris. *Paris*, 1872 à 1885, 14 vol. gr. in-8, en livraisons, br. Collection complète.

Revue très estimée.

761. Jahrbuch fur Romanische und Englische literatur. 1re série : *Berlin*, 1859-1861, et *Leipzig*, 1862-1871, 12 vol. in-8, demi-rel. — 2e série : *Leipzig*, 1874-1876, 3 vol. in-8, demi-rel. Ensemble : 15 vol.

Collection complète.
Rien n'est changé à l'apparence de la Revue de la 2e série, sauf l'introduction, dans le titre, du mot *Sprache* à côté de *Literatur*. La plupart des savants qui ont un nom dans les études romanes ont collaboré à ce Recueil. Pour n'en citer qu'un petit nombre, l'Allemagne est représentée par Wolf, par MM. Bartsch, Bœhmer, Ten Brinck, Delius, Diez, Ebert, Grüzmacher, Hertzberg, Holland, Kœhler, Lemcke, Liebrecht, Mahn, Mlle Michaelis, MM. Oesterleg, Ruth, Witte, Zupitza, — la France, par E. Duméril, P. Paris, MM. Brachet, Chassang, Meyer, Michelant, G. Paris, — la Suisse, par MM. Rochat et Tobler, — la Belgique, par MM. Potvin et Scheler, — l'Angleterre, par M. Morris, — l'Italie, par MM. Grion, Mussafia, Teza, — l'Espagne, par Milà y Fontanals et Amador de los Rios.

362. Bulletin de la Société des anciens textes français. *Paris, Firmin Didot*, 1875-1885, onze premières années complètes, et 1886, 1re fascicule. Ensemble : 30 fascicules, in-8, br.

763. Œuvres choisies d'Etienne Pasquier, accompagnées de notes et d'une étude sur sa vie et sur ses ouvrages, par Léon Feugère. *Paris, Didot*, 1849, 2 vol. in-12, demi-rel.

5

764. Les Œuvres de feu M. Claude Fauchet, premier président en la cour des monnoyes, etc. *Paris, Jean de Heuqueville*, 1610, in-4, portrait.

Recueil, rare et recherché, comprenant : Antiquitez gauloises ou françoises. — Origines des Dignitez et Magistrats de France. — Origines des chevaliers, armoiries et héraux. — Recueil de l'origine de la langue et poésie françoise, ryme et romans. — Traité des libertés de l'église gallicane. — Il se trouve, de plus, deux opuscules non chiffrés en 2 ff. chacun. Exemplaire conforme à la description de Brunet.

765. Œuvres de Georges Chastellain, publiées par M. le baron Kervyn de Lettenhove. *Bruxelles, Heussner*, 1863-66, 8 vol. gr. in-8, br.

766. Un lot de livres et de brochures diverses.

Paris. — Imprimerie C. Pairser, 101, rue de Richelieu.

www.ingramcontent.com/pod-product-compliance
Ingram Content Group UK Ltd.
Pitfield, Milton Keynes, MK11 3LW, UK
UKHW020355180726
13839UKWH00003B/1120

9 782329 479286